紫砂 著
洛絲

洛絲
作者／紫砂
策劃編輯／賴百樂
協力編輯／卓希雪
美術設計／胡凱悅
插圖／孫威軍
出版發行／突破出版社
香港沙田亞公角山路 33 號突破青年村
電話：2632 0000　傳真：2632 0388
電郵：breakthrough@breakthrough.org.hk
網址：http://www.breakthrough.org.hk
http://www.btproduct.com
承印／陽光（彩美）印刷有限公司
2024 年 7 月初版 1 刷

LOST
by Zisha
First Printing, First Edition, July 2024

Printed in Hong Kong
ISBN 978-988-8846-09-2

本書採用環保油墨印刷

成長文學

目錄

代序

孫威軍
漫畫家、漫畫班導師

收到突破出版部通知，紫砂希望我為《洛絲》寫序，那一刻有點愕然，我只是一個繪畫封面及內文插圖的畫師，何德何能為這本書寫序呢？

過後細心思索，可能因為她出道至今的作品插圖都由我繪畫，而且她說過小時候有看我的漫畫作品：「我細細個就睇你嘅《封神演義》架喇^^」，真係好鬼客氣亦都好感激。

寫序……寫什麼好呢？我一向看書都不看序的，別說是作者邀請嘉賓寫的序，就算作者本人的序也不是我的首選，我會直接跳到內文，當看畢全書後，有時才會返回去看作者的序，而嘉賓的序對我來說，就像中小學週會時嘉賓的演講內容，聽完唔知聽咗啲乜。

死，我現就像那些人說些不着邊際的內容，文字表達真的不是我的強項，所以我的序會加上插圖點綴，希望大家唔知我噏乜都有啲畫睇吓。

以往為小說畫封面及內文插圖，我都沒有先看過故事內容，往往按編輯及作者他們的

《一瞬煙火》封面起初草圖

意向而繪畫，我知道這不是一個好的運作，因為會缺乏我對故事的理解或忽略核心意義，我只能畫出有形的軀殼，而故事的韻味及元素未必能表現，雖然最後的插圖大家也是滿意的，但內心總覺得可以做得更好。

紫砂第一部作品《一瞬煙火》的小說插圖亦是在這種運作下而生。而後來接到要為《劏房大狀》繪畫的委托，編輯問我會否先閱讀內容，心想是時候作出改變，我就毅然答應，閱畢整本小說後再聽取編輯及作者意向，才開始動筆繪畫，雖然事前花的時間比較多，對，真的用了不少時間，因為我只有在交通工具上才能抽空閱讀，但亦因此畫每幅插圖時，都比以往更能表現故事內容，我自己十分滿意這種改變。

《洛絲》是一個很有日本動漫氛圍的故事，一路看着故事，腦內就出現了許多動漫畫面，因此無論是人物造型及插圖風格，我都盡力營造以配合，希望能為紫砂文字下的宇宙時空增添多一分閃耀。

《劏房大狀》起初封面草圖

《劏房大狀》的小狗加菲草圖

第一章
洛絲 LOST

「各位香城市民，晚上好，我是『綠化人』，是為了拯救大自然而誕生的存在！由於人類把這星球的自然環境破壞得太嚴重，為了拯救瀕危的藍星，我已經把一種自家研製的藥物混進全城的食水中，你們只要喝了就會馬上變成植物！哈哈哈哈，卑劣的人類們，向藍星獻上性命贖罪吧！」

電視中，一個混身皮膚都是綠色的「男人」正慷慨激昂地發表着演説。即使他穿着科研人員的白色長外套掩蔽身體，但也遮蓋不了他可怖的長相——本應是頭髮的地方，如今長着一堆帶刺的藤蔓；本應是鼻子的地方，如今變成了兩片帶着白絨毛的葉子；本應是嘴唇的地方，如今異化成肉食植物的捕蠅草——對了，本應是右鬢角的位置還長着一朵帶絨毛的小白花，為這怪物莫名地添了一絲可愛的少女感。

這是香城，一個經常會出現怪物、壞蛋、外星人的城市。

香城的居民大部分都一臉平靜地看着電視、手機、平板電腦上的直播，早已見怪不怪，心中波瀾不驚。直到綠化人的直播如常地被「香城特殊犯罪對策局」用阻截訊號的方式強行中止時，香城的居民才猛然想起一件事：

「現在才趕去超級市場搶購瓶裝水來得及嗎？」

另一邊廂，當綠化人在自家溫室兼實驗室發表完演說之後，他一臉滿足地坐在由藤蔓交織而成的椅子上，身子往後靠着椅背，仰視着玻璃天花板外的夜空：「親愛的藍星啊，很快人類便會全部變成植物，屆時也再不會有什麼光害，這片啞黑的夜空也能還原為閃耀的星空吧？」

這時一把清脆婉轉的聲音在他身後響起：「那個……我能問你一個問題嗎？」

綠化人聞聲回首，看到一個上身穿着純白繪金邊貼身衣、兩手手腕各圈着一個鈦金屬環、下身穿着紅色迷你裙及黑色緊身褲的女生正站在他身後的不遠處；女生的臉被頭上戴着的白色面罩所掩蓋，看不清楚她的面容——但綠化人對她並不陌生，甚或，整個香城對她都不陌生。

「英雄洛絲，你來晚了！我已經派手下把我研製出來的藥物混進本城的貯水池，屈指一算現在大概已經有好幾萬人喝下了，哈哈哈哈！」綠化人仰天狂笑，彷彿勝券早已在握。

洛絲歎了一口氣，幽幽地問：「你在確認手下把藥投進貯水池後便立即在電視上發表你的綠化宣言了，對不？」

綠化人停下了狂笑，碧藍的眼珠咕碌咕碌地轉了幾圈，反問：「對，有什麼問題嗎？」

為了達至最佳宣傳效果，綠化人還特意選在晚上八點這個最多市民看電視的時間公佈計劃呢！

洛絲苦笑：「……那你覺得有多少人在看電視後還會喝自來水？」

綠化人臉上的表情瞬間僵化。

「幸好你的藥劑沸點與水不一樣，科研人員立即想到解決辦法。」洛絲掏出了一個玻璃小瓶，裏面裝滿了青綠色的液體：「他們先把貯水池裏的水加熱，讓低沸點的藥劑蒸發出來，再由我用念動力把蒸發出來的氣體藥劑收集起來，並將其冷卻變回液體狀態——你知道這樣處理一遍有多累嗎？」

洛絲放手讓玻璃小瓶浮在空中，語氣裏夾雜着一絲疲憊：「幸好他們沒叫我用念動力直接把那些被污染的髒水全部移走，不然，這樣的話就更累了……」

「那些不是髒水！是拯救藍星的藥！」綠化人怒吼，「人類對藍星環境造成的破壞實在……」

「好的好的，你的理念我明白了。」洛絲打斷了綠化人的話，「重點是你的計劃已經失敗了啊！這幢大廈已經被『香城特殊犯罪對策局』的特警包圍了，你還是投降吧，好不？」

「我沒有失敗！」被激怒的綠化人紅了眼撲向洛絲，意圖把浮在半空的瓶子搶回來：「把藥還給我！」

洛絲扭身避開了綠化人的一撲，然後生氣地把腳上的紅白色短靴重重地往地上一踏：「你到底有沒有聽人家講話？你知不知道我還有很多事情要忙？你就不能立即投降讓大家都早點下班嗎？」

綠化人置若罔聞般再次大吼：「把、藥、還、給、我！」

洛絲彷彿聽到腦袋裏傳出理智線斷裂的聲音。

「你、怎、麼、就、聽、不、懂、人、話！」

只見她眉頭一皺，失控的念動力旋即把玻璃瓶子捏得粉碎；瓶內的液體直接迎頭淋滿綠化人一身；莫名濕了身的綠化人呆呆地望向一臉驚愕的洛絲，雙眼中剎那間閃過一道綠光。

「抱歉，我不是故意的……」洛絲愣怔半晌，然後嘗試安撫對方，「你……感覺怎樣？還好嗎？」

此時綠化人的身體開始異變，只見他捂着胸口帶着不甘的神情望向洛絲：「作為英雄，難道你不關心藍星的未來嗎……」

洛絲有點為難地搔了搔臉蛋：「也不是不關心……可是，如果任由你把全藍星的人都變成了植物，那大家的未來又怎麼辦呢？」

綠化人先是一愣，接着臉上的「捕蠅草」扭曲地咧開：「『大家』？哈哈！你還真的認為自己是人類一分子啊？哈哈哈哈……」

洛絲還來不及搭話，綠化人的身體便開始隨着他瘋狂的笑聲以異常的速度成長着：他的身軀漸漸硬化成粗壯的樹幹；他的四肢分叉又分叉的長成了茂密的樹枝；他頭上的藤蔓變成了青蔥的樹冠，生長時還撞破了房間的玻璃天花，直接屹立在夜色之下——是的，他變成了一棵大樹。

「慘！又弄壞東西了……希望這次弄壞的部分不會算在我頭上吧……」

洛絲一邊用念動力控制着不讓玻璃的碎片濺到自己身上，一邊從撞破的天花飛出房間，在夜空下俯視這棵充滿生命力的大樹，她背上過腰的紅色斗篷彷彿是某種訊號似的顯眼地隨風飄揚着。

驀地，一小星點的白色引起了洛絲的注意。

洛絲飛近樹冠，伸手摘下樹上唯一的小白絨花，湊到眼前看了看，然後低聲咕噥了一句：「我當然是人類的一分子啊，我才不是怪物……」

這時洛絲耳畔的通訊器響起了一把硬朗渾厚的聲音：「洛絲，立即回總部，其他事情交給特警處理便可。」

「知道。」

在洛絲離開現場三分鐘後，「香城特殊犯罪對策局」的特警按照命令衝進「大樹」所在的房間，拿着槍警惕地四周掃視着。

「SCA 特警！你們已經被包圍了！快出來投降！」

回應的只有夜風吹過樹葉的沙沙聲。

特警隊長早已習慣這種情況，吩咐隊員兵分兩路檢查和搜索全部房間，以確保沒有漏網之魚。

「Clear！」

「Clear！」

「All clear！」

結果眾人聚集在「大樹」旁邊，抬頭看着這株粗壯的大樹，其中一個人望向特警隊長，猶豫地開口：「老大，現在我們該怎麼辦？……難道要把這樹銬回去嗎？」

特警隊長像是等待指令般沉默了幾秒，然後重重地點了點頭：「對，就把這棵樹銬回去！」

洛絲花不了幾分鐘便飛到「香城特殊犯罪對策局」總部大樓的上方。在半空看下去，一幢百層高樓在香城市中心拔地而起，大廈外牆使用了鋼化玻璃以幾何形狀的方式構成，在四周夜燈的照射下正閃着靛藍色的寒光；兩根巨大的避雷針畢直地佇立在玻璃圓頂的兩旁，而圓頂的中央則高掛着「SCA」的標誌——「香城特殊犯罪對策局」，Heung Shing Special Crime Response Agency，簡稱「SCA」。

當洛絲飛近玻璃圓頂時，圓頂的玻璃立刻從中打開往兩旁落下，一個簇新的直升機停機坪展露在洛絲眼前，她如常降落在停機坪的中央站定，等待玻璃圓頂再次關上。

頃刻，人工智能的聲音適時響起：「請解除面罩。」

洛絲向別在耳後的裝置按了一下，隱藏着她臉孔的面罩瞬間打開。

「現在開始進行掃描……掃描完成，已確認身分：英雄洛絲，批准進入。」

此時前方建築物的大門打開，一個四十多歲，身穿墨綠色軍服、留着利落黑短髮、方臉上有一雙猶如鷹隼般銳利大眼的男人率先步出；緊隨其後的是一個身穿白色工作服抱着黑色板夾、戴着幼金絲橢圓框眼鏡、脖子上還掛着一個銀灰色碼錶的三十出頭的帥氣青年；而兩人身後則有五個全副武裝的 SCA 特警亦步亦趨。

穿軍服的男人甫看到洛絲便開始訓斥：「洛絲！你到底有沒有做英雄的自覺？」

洛絲雙肩微微一縮，略帶委屈地回答：「可是這次打破東西的……不是我啊！」

「對！可是你把犯人變成樹了！你叫我們要怎麼從一棵樹的口中審問出他的共犯？」男人那棱角分明的臉帶着一種不容挑戰的威嚴，「我應該教過你，英雄應當把香城的利益放在第一位，絕不能意氣用事，難道你忘了嗎？」

洛絲雙手放在身後，右腿下意識的往地上踢了踢，努着嘴一臉不服氣地對上男人的眼睛：「剛剛我確是因為有點生氣導致捏碎了瓶子……可是我也不知道他淋了藥水後會變成樹啊！」

男人臉色一沉：「因為生氣，所以你的能力就失控了？你這……」

這時一直沉默在旁，只管在板夾上揮毫記錄的帥氣青年抬起頭，淡淡地插了句話：「洛絲小姐，你這可不是英雄的思考方式，而是犯罪者的思維喔？特殊犯罪者的下場，相信你比誰都清楚吧？」

洛絲慌亂地擺了擺雙手：「我、我不是這個意思……」最終她認命似的垂下頭，「蔡醫生，你們能不能在報告內寫這都是一場意外，叫局長別扣減我的獎金，好嗎？」

「當然不可以！」

中年男子正欲張口繼續訓斥，結果白衣男人輕輕一拍他的肩膀，搖了搖頭：「馬斯達上校，夠了。」

「蔡司醫生……？」

「夠了。」蔡司醫生語氣堅定地重複了一遍。

馬斯達上校頓了一頓，旋即別過頭向身後的手下示意。那五個 SCA 特警見狀立即走到洛絲跟前，其中三個人手執武器，不着痕跡地站在她的左右兩旁及身後，然後為首的特警用公式化的口吻說：「英雄洛絲，請隨我們到戰服室。」

洛絲點點頭，隨着領頭的特警就要走進建築物中；豈料她跟馬斯達上校及蔡司醫生擦身而過時，蔡司那修長白皙的手突然落在洛絲的頭上揉了揉：「我知道你已經很努力了，這次任務總的來說做得不錯，我們會在報告內提到這一點，馬斯達上校，對嗎？」

感覺到頭頂傳來一絲的溫暖，洛絲有點意外地抬頭看了看蔡司醫生，然後又望向馬斯達上校，馬斯達微微點頭卻又冷哼了一聲：「但是還有進步空間，不許自滿！」

被誇讚了的洛絲壓不住嘴角上揚，馬上立正向馬斯達敬了一個禮：「遵命！馬 Sir！」

「叫我馬上校！」

「遵命！馬上校！」

看着洛絲蹦蹦跳跳的背影，馬斯達歎了一口氣：「即使擁有這麼厲害的超能力，但內心終究還是一個十六歲的小女孩啊……」

蔡司又在夾板上寫了幾行字，意味深長地盯着洛絲的背影：「馬斯達上校，你不曉得，其實十六歲的孩子，才是最深不可測啊……」

走進 SCA 總部大樓後，洛絲在五人小隊的引領下走到「戰服室」。「戰服室」的正中央是一個用特殊強化鋼板建成的密封立方體，出入口只有一道門；立方體的四周滿佈各種電腦熒幕和儀器，好幾個身穿白袍的研究員正全神貫注地盯着熒幕上的讀數，連洛絲進來了也渾然不覺。

看到他們一行六人進來後，「戰服室」室長蔣可芙立刻急步走出自己的辦公室。她托了一下眼鏡，踏着兩吋高跟鞋走到立方體唯一的出入口旁，然後把臉孔湊到入口旁的掃描器前進行「生物認證解鎖」。

「嗶」的一聲，入口打開，立方體裏沒有燈光，眾人只能看到一片黑暗。這時蔣可芙親熱地對洛絲招招手：「機器準備好了，你快進來吧！」

洛絲點點頭，投身走進無邊的黑暗中，大門迅即關上。

四周的電腦同時亮起，人工智能操縱着精密的機械臂迎向洛絲。洛絲感受到四方八面的機械臂正拉扯着自己身上的衣服，她熟練地配合着機械臂的動作擺動身體，直至感受到身上的戰服和裝備已經全部卸下，這時身後傳來蔣可芙嬌柔的聲音：「衣服換好了，出來吧！」

洛絲走出立方體時，身上的戰衣已赫然變成了杏壇中學的夏季校服。

杏壇中學是香城一間歷史悠久的傳統名校，因此校服也帶着一點古典味道：上半身穿的是白色短袖襯衣配紅綠色格子校呔；白襯衣的左方胸前有一個五瓣的淺粉紅杏花校徽，杏花內從右到左寫着「杏壇」兩字；而下半身穿的則是同款紅綠色格子的百摺裙，以及一對黑得鋥亮的學生皮鞋。

蔣可芙一臉陶醉的把洛絲從頭到尾都欣賞一遍，忍不住讚美道：「小師妹，你知道嗎？這套校服是我幫母校杏壇中學設計的，當年還拿了服裝設計大賞……」

「我知道，你説過很多遍了。」洛絲伸了個懶腰，不着痕跡地打斷蔣可芙的話，可惜打不斷她懷緬過去的興致。

蔣可芙邊把一個黑色書包掛到洛絲背上邊問：「對了，最近你身邊有沒有同學提起這套校服？他們喜歡這個設計嗎？覺得好看嗎？」

洛絲臉上的肌肉抽動了一下，嘗試露出一個禮貌的笑容：「有啊，大家都誇『杏壇中學』的校服是全香城最好看的……」

這時SCA的特警再度上前站在洛絲身旁示意她離開，洛絲連忙向蔣可芙揮揮手：「師姐，我要去交任務了，拜拜，下次見！」

走出「戰服室」後，洛絲隨着特警在長長的走廊裏拐了好幾個彎，終於來到交任務的地方——啞銀色的大門旁用鍍金字體大大地寫着三個字：「局長室」。

在特警正忙於處理開門的程序時，洛絲閉上眼睛深深吸了一口氣，腦海中倏地浮現出那個令人膽顫的黑色身影，瞬間心頭壓力暴增，只能悄悄把雙手握成拳。

如果可以，她真的寧可跟脾氣有點暴躁的馬上校交任務，就算有做得不好的地方頂多也是捱一頓罵；可這個局長嘛……是一個非常不好應付的人，洛絲每次跟他交手都被他吃得死死的，都快要被他弄出心靈創傷後壓力症候羣了！

這時「局長室」的門打開，眾人走進偌大的房間，洛絲一眼便看到那個坐在黃花梨木辦公桌後，穿着筆挺黑西裝的男人。

為首的 SCA 特警踏前一步向男人敬禮：「報告局長！已帶英雄洛絲到達！」

男人梳着一頭貼服短髮、留着修剪整齊的短山羊鬍子，他臉上一直帶着溫潤的微笑，略略揮手示意特警退下，留下一個人站在原地，緊張地把雙手放到背後扭着手指的洛絲。

對，眼前這個五十歲左右的男人，正是手握着僅次於香城市長的權力、君臨 SCA 的恐怖存在——「香城特殊犯罪對策局」局長，賴夫。

「洛絲，辛苦了。」賴夫視線投向放在辦公桌斜前方的棕色沙發，「來，坐，要喝點什麼嗎？」

正在房間另一端坐着的秘書小姐立刻站起來走到大理石吧檯後，默然等着洛絲點餐。

「麻煩給我一杯冰紅茶就好，謝謝。」洛絲走到沙發前坐下，把背上的書包放在腿旁，腰板挺得老直，直視着賴夫的眼睛，盡可能控制自己的臉部表情不讓對方察覺到自己的緊張。

賴夫按亮桌上的平板電腦，指尖在熒幕上快速地掃了幾遍，臉上的笑容波瀾不驚：「我已經收到馬斯達上校和蔡司醫生的報告，撇除你把犯人變成樹的部分，這次任務還是完成得挺不錯的。」

洛絲乖巧地點點頭，雙手捧着秘書拿過來的玻璃杯子，小口小口地呷着冰紅茶，靜待賴夫繼續說下去。

「經計算後，這次的賞金是七十六萬五千元，放心，這筆錢已經扣除了是次行動的善後費用。」

洛絲聞言一怔，旋即露出一個失望的表情：「才七十六萬多？……這次的任務可不輕鬆啊，就不能多給一點嗎？」

「這是由精算師和會計師嚴格核算出來的金額。」賴夫掀開辦公桌上一個小金屬盒的蓋子，從中拿出了一薄片的巧克力放進口中；他用力嚼了巧克力片幾口後便囫圇吞棗地吞下，續道：「畢竟局裏付給你的報酬其實也算是公帑，因此我們必須遵守香城政府的規定，一切特殊開支會由指定的財務部門負責核算，即使我是局長也無法更改他們計算出來的金額，所以……很遺憾。」

洛絲垂下了眸子，楚楚可憐地呢喃着：「那我欠政府的錢要多久才能還清啊？真的不可以再加一點點錢嗎？……」

賴夫笑了笑，用他那低沉磁性的嗓音說出最理性冷酷的話：「扣除了今次的七十六萬五千元後，現在你尚欠香城政府三千五百六十二萬四千元整。放心吧，只要你繼續努力工作，總有一天能還清的。」

聞言，洛絲也不裝可憐了，把玻璃杯子往辦公桌上一放，雙手交疊在胸前直接攤牌：「好歹你也給我一個期限，我總不能一輩子都幫香城政府打工吧？說不定我的超能力明天就消失呢？」

「放心吧，即使有天你的超能力消失了，我也會安排你進來『香城特殊犯罪對策局』繼續工作還債的。錢還清，你就自由了。」

縱使賴夫臉上由始至終都掛着和煦的笑容，但在洛絲眼中，這卻是狠狠壓榨打工人的，萬惡資本家的微笑。

每次完成任務後，SCA都會調配一輛不起眼的汽車接載洛絲從總部大樓的秘密出口離開，再送她到指定地方下車；這次洛絲便在離家五十米的暗巷中跳下車子，車子關上門後迅即離開。

洛絲還未回過神，她的智能電話便已經瘋狂震動——「媽咪」來電。

天啊，那邊廂剛從「英雄洛絲」的身分下班，這邊廂又得換上「女兒」的身分「樂思」應對了！

樂思深深的倒抽了一口涼氣，她花幾秒鐘做好心理準備後，咬着牙按下了接聽鍵。

「思思！你補習班下課了嗎？」電話的另一端傳來母親焦急的聲音，「新聞報道說香城貯水池被下毒了！我現在正跑去鄰街的超級市場，如果你下課了就趕快過來幫搶瓶裝水！」

樂思眉頭一蹙：「媽，既然下毒這事已經公開，英雄洛絲應該會去處理的吧？你買幾瓶水應急用就好，不用搶購太多……」

「小孩子懂什麼！那個洛絲可是超能力者，萬一她不用喝水呢？萬一那些毒藥對她無效呢？萬一她忘了要處理那些毒水呢？那些高高在上的大英雄哪會考慮我們這些小市民的苦況？你有空快點來超級市場幫忙吧！」

從自己的母親口中聽到那句「那些高高在上的大英雄哪會考慮我們這些小市民的苦況」，樂思不免一陣心塞。她沉默半晌，輕歎一口氣，然後用平常爽朗的聲線回答：「我知道了！我現在立刻趕來！」

當樂思風風火火趕到超級市場時，她的母親正弓着身子吃力地推着超級市場的手推車，一步一步走出門口，手推車上各種容量的瓶裝水堆成山，加起來差不多接近一百公升！

樂思見狀大吃一驚，連忙跑到母親身旁幫忙。

正喘着粗氣的母親看到她來了，登時眼睛一亮：「思思，你年輕，有力氣，快來幫忙推車！」

樂思的手甫搭上推車，母親便立刻手舞足蹈地向她述說剛才的「戰績」：「思思，你知道嗎？剛才我一個人就幾乎把貨架上大半的瓶裝水掃進手推車裏，結帳時由於這些水加起來太多太重了，我一個人真的拿不過來。幸好超級市場的經理願意把手推車借我，真幸運，哈哈！」

樂思隨意把雙手搭在把手上，實際上悄悄使用了念動力推動車子，眼看家就在前方，她的步伐不自覺地輕快起來。

母親驀地放慢了腳步，一臉疑惑地看着她：「思思，這車子不重嗎？你怎麼看起來推得有點……輕鬆？」

樂思悚然一驚，趕緊裝出辛苦的樣子開始喘氣：「沒……沒有啦，車子重得很，但我是年輕人嘛，力氣當然……比較大。」

幸好樂思母親不是一個敏感的人，她欣然接受了樂思的解釋：「有道理！」

兩人一前一後走進大廈，幸好手推車剛好能推進大廈的升降機，要是還得把瓶裝水分批拿上樓，樂思覺得自己的超能力絕對會露餡。

「你剛才跑哪兒去了？電話也不接，害我一直在家等你，晚飯都涼了！」甫進家門，坐在餐桌前的父親便大興問罪之師。母親嚇得佇立在家門口不敢動，戰戰兢兢地說：「孩子的爸，是這樣的，剛剛不是有一個叫綠化人的壞蛋說他在食水中下毒了嗎？於是我立刻趕到鄰街的超級市場……」

「你別告訴我你跑去搶購瓶裝水了？」父親打斷了她的話。

母親看了看父親，看了看樂思，又看了看樂思推着的那座「瓶裝水大山」，緩緩地點了點頭。

父親扶着額歎氣：「你有沒有想過，為什麼這麼多地方可以下毒，那個綠化人偏偏挑上貯水池？」

空氣中瀰漫着短暫的沉默。

「這是因為，綠化人就是受了瓶裝水公司的指使，才會在電視上製造恐慌，好讓市民去搶購瓶裝水，藉此大賺一筆！」

嗯，父親一副過分篤定的神情和語氣，還有「眾人皆醉我獨醒」的姿態，在不知就裏的旁人眼中，搞不好還會以為他就是那個幕後指使綠化人的瓶裝水公司高層呢。

樂思早已習慣父親那酷愛把事情往「陰謀論」方向去想的性格，他閒時總愛看網上那些「政論節目」的影片，然後滿嘴都是商業陰謀、官商勾結，還覺得自己別具慧眼、與眾不同——而他唯一的「粉絲」，不幸地，正是樂思的母親。

「孩子的爸，你説得太對了啊！」母親一臉崇拜地看着父親，旋即別過頭看着手推車發愁：「那這一車子的水該怎麼辦啊？」

樂思正要開腔，此時電視機傳來「香城特殊犯罪對策局」的記者會直播：「局方呼籲各位市民無需恐慌，SCA 特警部隊已成功搗破綠化人犯罪集團，並抓到犯罪首腦綠化人！」

樂思眉頭一挑，抓到？特警是把那棵大樹砍下來關進監牢了嗎？

「經審訊後，證明所謂的『植物化藥物』只是他為了擾亂社會秩序而故意製造出來的謠言！局方已跟衞生局的專家合作對貯水池的食水進行了化驗，證實食水當中並不含有毒物成分……」

對啊，因為有毒的部分都已經被洛絲抽取出來澆到綠化人頭上了……

特殊犯罪對策局發言人語音未落，母親已二話不說從樂思手中搶過車子推往門口。

「媽，你要去哪啊？」樂思不解地問。

「你爸說得對，這是瓶裝水公司的陰謀！這麼多的水我們一家三口怎麼喝得完啊！所以說，如果把水拿回超級市場，你猜能不能拜托經理幫忙退掉？」

這時一直坐在餐桌前的父親突然站起來阻止母親：「等一下，不用退款！」

母親瞬間停下腳步：「可是我們喝不了這麼多水啊？」

父親摸摸下巴，眼睛轉了一圈：「這事兒不對勁……如果下毒這件事是假的，特殊犯罪對策局又何須特意開個記者招待會澄清呢？任由大眾繼續喝水不就可以了嗎？……所以，反過來想，政府愈是刻意去澄清，就代表這件事愈有可能是真的！」

樂思不禁驚歎於自己父親的奇特腦迴路——重點是，還真是讓他矇對了！

「人無遠慮，必有近憂。把這些水留下吧！」父親一錘定音。

樂思心底刹那間湧現了把一切和盤托出的衝動，她想告訴父親，自己就是守護香城的超級英雄洛絲，而她已經確實地把水中的藥劑全部去除了，所以把這一整車的瓶裝水推去退款就好。

只要暗地裏使用念動力，推着一百公升的水走一條街又算什麼。

但樂思終究還是忍下來了。

「好的，爸，那我先回房間換衣服了。」

關上房門後，樂思信手把書包往桌上一甩，隨即累癱在牀上。

「念動力」，顧名思義，就是運用「意念」來「移動」物品的「超能力」，使用時必須長時間集中意念，這不但十分耗費精神，還對大腦構成一定負擔，所以每次使用完能力後，樂思精神上都會異常疲憊。

「不行……不能睡……得出去吃晚飯……吃完飯還要有功課要做呢……啊呼……呼呼……」

樂思的意志力終究還是輸給了疲勞，不知不覺間便已呼呼大睡起來。

「思思，出來吃晚飯了！」

過了沒多久，樂思房間的門被母親推開了一條縫，看着躺在牀上好夢正酣的女兒，母親默默地替她關了燈，再悄悄地關上了房門。

翌日，樂思精神抖擻地起牀梳洗，看着鏡中那個滿嘴牙膏的自己，一股不祥預感在她心中冉冉升起。

匆匆梳洗完畢後，她馬上衝到書桌前翻開自己的書包——糟、糟了！功課，一份都沒完成！

樂思毫不猶豫立刻背上書包出門往學校方向狂奔，平常十五分鐘的路程今天只花一半不到的時間便抵達杏壇中學；可是距離上課鈴響只剩下三十分鐘，如果靠自己做功課的話無論如何也來不及了，於是樂思一口氣跑到學校三樓的圖書館——去找她唯一的救兵。

「克特！救命啊！能不能把功課借我抄一下？拜托！」

正坐在圖書館長桌上，埋首於研究歷屆試題的男生抬起頭看着氣喘如牛的樂思，單手托了托滑下鼻樑的眼鏡，眉頭輕輕皺起：「樂思，你又忘記做功課了？」

「我……昨晚太累，不小心睡着了……」樂思心虛地避開男生的視線，低頭從書包裏掏出一疊功課「砰」的一聲放到克特面前：「拜托，我真的不能再欠交功課了！上次張老師説過，若我再欠交功課，便會罰我以後都做雙倍功課！」

克特看着焦慮又慌亂的樂思，最終還是輕歎了一口氣，從書包裏拿出自己的功課和筆記遞給她。

「克特，謝謝你！」

樂思接過東西後立刻坐下開始進行「參考」工作，克特繼續沉浸於歷屆試題之海中，只是偶爾會偷瞄樂思一眼。

三十分鐘後，上課鈴準時響起。

「搞定了！克特，你真的救了我一命，謝謝！」樂思把功課和筆記還給克特，再匆匆忙忙地把自己的東西塞回書包裏。

克特剛想取笑她幾句，沒想到樂思一抬頭，對着他嫣然一笑，克特瞬間變得結結巴巴說不出話。

「其、其實我只……只借給……」

「上課了！」

樂思沒等他把話說完便像風一般衝出圖書館，直奔課室。

克特眨眨眼，嘴角勾起了一個不着痕跡的弧度。

大家或許會很好奇，作為一個超能力者，一個隱藏身分的英雄，樂思一天的校園生活到底是怎樣的呢？她的念動力是否能讓她在學校內大殺三方、所向披靡？

樂思可以非常由衷地告訴大家：並沒有。

首先，擁有念動力不代表提升了智力，上課時該不懂的地方還是會不懂的；念動力也無法提升記憶力，所以測驗考試時該啃的書，她還是得努力溫習；唯一能完美展現念動力優勢的是體育課，樂思儼然成為了籃球隊中的「神射手」，只要控球在手，就沒有她射不進的球。

同理，大部分的球類運動，甚至是田項比賽（如推鉛球、擲壘球等）都是樂思「擅長」的範疇——畢竟，普通人是用肌肉力量丟球，而樂思是用肌肉力量加上念動力在丟球……

不過為免暴露身分，樂思每次使用念動力時也是點到即止，贏太多怕惹人懷疑，所以每次僅僅贏一點點就好，偶爾還故意輸一兩次，不然被人發現她作弊就糟糕了。

樂思跟一般學生最大的分別，在於下課後的時光。

當一般學生放學後總是三五成羣的離開校園，或一起去喝咖啡吃下午茶談天說地；或一起到球場上進行力量與汗水的交流；或一起上各式各樣的補習班及興趣班為成績和未來奮鬥；只有樂思，總是獨個兒背着黑色雙肩包走到學校附近的「普庭補習社」，然後推開那道讓人看不清裏頭的磨砂玻璃門，走進去，消失。

「你來了？」一個身高接近一米九的二十多歲女生趨前，她體格魁梧、肩膀寬闊，合身的深藍色 SCA 正裝制服下是結實的肌肉，活像一個不小心穿錯了西裝裙子的女子籃球選手。

比普庭矮大半個頭的樂思，不，洛絲辛苦地把頭仰起近四十五度望向對方，沒精打采地道：「普庭少尉，我來上班了，請香城政府今天也狠狠地奴役我這平凡普通的未成年少女吧……」

普庭面無表情，像是機器複誦般向洛絲交代工作：「待會兒要先跟總部連線開會，然後跟馬斯達上校進行防身術訓練，接着與蔡司醫生進行一節心理輔導，這就是今天的安排，明白了嗎？」

「明白了。」洛絲一臉無奈地點點頭。

「那我們先去 7 號房吧。」普庭領着洛絲走到「7 號房」前，伸手把掛在門上的「7」字向下扭一百八十度，變成一個「L」，霎那間，門後傳來一陣軋軋軋軋的機械發動聲。

「L」stands for「洛絲」;「L號房」代表「洛絲的房間」。

這間「普庭補習社」正是「香城特殊犯罪對策局」為洛絲特意設立的偽裝。它打着「補習社」的幌子,讓洛絲每天放學後都能夠在不惹人懷疑的情況下進來「上班」;偶爾洛絲要出動抓壞蛋的時候,普庭也能砌詞説樂思正在補習社上課來安撫她的父母,為洛絲省卻了很多不必要的麻煩。

「L號房」的門打開,映入眼簾的是幾張放得端端正正的木桌椅和一塊掛在牆上的大白板,乍看之下這就是一個普通的課室。

普庭踏着矯健的步伐走到白板前,朗聲説道:「特殊犯罪對策局英雄部部長,普庭少尉,進行生物認證。」

洛絲站在房間中央,看着那本應只是「掛」在牆上的白板倏地從中顯現了一道豎直的裂縫,隨即緩緩左右打開。

白板後,是一個充滿着金屬與高科技的世界。

專屬於英雄洛絲的秘密基地。

洛絲和普庭走進秘密基地坐下不久，賴夫的身影便出現在大熒幕上，他還是那頭貼服的短髮和工整的山羊鬍，只是臉上那溫潤的笑容消失了。

「有一個好消息和一個壞消息。」賴夫低沉磁性的聲音從熒幕傳出，「而且，這壞消息還真的挺壞的。」

洛絲聳聳肩：「無論消息好與壞，我還是得上班賺錢還債，這對我來說沒什麼分別，除非你終於批准我辭職。」

賴夫嘴角一揚：「零頭不跟你算，你拿三千五百六十萬來，我立刻批准你辭職。」

洛絲生悶氣地噘了噘嘴，放在她椅子旁的瓶裝水突然原地爆裂，清水瀉滿一地。

「那是用公帑買的水，價值十元，清潔費另算。」普庭別過頭盯着洛絲冷冷地說。

「那是瓶裝水的質量不好，與我無關。」洛絲無辜的大眼睛眨了眨，睜着眼睛說瞎話。

「夠了。」感受到濃濃火藥味的賴夫出言阻止了兩人，「先說壞消息，前幾天我們審訊綠化人的餘黨時，其中一個負責資訊科技和通訊的手下向我們透露了『暗網』的存在。」

「『暗網』？就是那種任由犯罪者上傳和下載非法資料的網站嗎？」

賴夫用手在半空中比劃了幾下，大熒幕上立即跳出了好幾個黑底白字的網絡版面，洛絲看到「#27 綠化香城計劃」那幾個大字。

「經過我們科技組的追查，證實綠化人正是從『暗網』中接觸到一個名為『頭腦人』的犯罪者，再從『頭腦人』處拿到了這次的犯罪計劃並予以執行……」賴夫的手又比劃了幾下，熒幕馬上彈出「#27 綠化香城計劃」的內容。

內容跟洛絲經歷的差不多，就是透過把綠化人研製的藥物丟進香城的貯水池，從而把超過三分二的香城居民轉化為植物的計劃。

「這個『頭腦人』……直接把整個犯罪計劃丟到網上去？」洛絲不可置信地反問。

賴夫點頭：「是的，科技組發現，每當『頭腦人』的犯罪計劃完結後，無論成功與否，他都會把自己的計劃內容發表在『暗網』上，然後點評成功和失敗的原因。」

「還賽後檢討了？」

「你也可以視之為『完善犯罪計劃』，你看看這個。」

賴夫放大其中一個網絡版面，讓洛絲看清楚上面寫的內容。

「『#27 綠化香城計劃』：執行者沒按計劃指示在藥物開始影響居民後才發表公開講話，結果被洛絲提早清除藥物，計劃宣告失敗，同時無法測試洛絲是否會受藥物的影響。」

洛絲起初對於「暗網」上面有提到自己的名字有點意外，但轉念一想又覺得很正常，畢竟自己就是個專業抓壞蛋的英雄：「所以這個『頭腦人』到底是誰？」

賴夫臉色一沉：「這就是壞消息最壞的地方，即使科技組傾盡全力，也無法查到『頭腦人』的發訊地址；現階段我們只掌握到『頭腦人』會在『暗網』上與有犯罪傾向的人接觸，並為他們度身訂造犯罪計劃；但無論那些執行者表現如何，『頭腦人』本人也從不干涉或參與那些犯罪行為，頂多在事情結束後寫一篇『賽後點評』發到『暗網』上，這讓我們很難追查他的真正身分，更遑論阻止他這個協助犯罪的行為。」

洛絲兩手一攤：「查不到也沒有辦法啊！你也曉得，念動力只對我看到的東西有效，對於這種隱藏在暗處看不見的東西，我可是束手無策！」

賴夫嘴角微微牽動：「你先別急，我還沒說好消息呢。」

「嗯？還能有什麼好消息？加薪嗎？」

「比加薪還好，當初害你欠下政府一大筆錢，讓你不得不打工還債的真正兇手，找到了。」

洛絲霍地站了起來，激動地說：「那個壞蛋不是已經被你們拘捕還判刑了嗎？莫非……」

「對。」賴夫頷首，把另一個網絡版面放大，「我們剛查出，原來那也是『頭腦人』制定的計劃之一——「#3 蜚蠊散播計劃」。

洛絲的心突地跳了一下。

她深深吸了一口氣，嘗試平復自己的情緒，因為這六個大字讓洛絲回想起完全改變了「樂思」命運的那一天——

如果說那一天有什麼特別之處，大概就是特別悶熱吧？天空萬里無雲，太陽高懸於頂；毒辣的陽光直射在柏油路上，連空氣都彷彿凝滯了，一絲微風也沒有；樂思覺得自己就像處身於一個大蒸籠之中，吸入的每一口空氣都是燙的，即使張大了嘴巴也喘不過氣來。

樂思如常背着黑色的書包，踏上歸家的路途。她一邊走一邊微微垂下頭，任由汗水不斷從臉龐兩側滑落滴在柏油路上；被汗水濕透了的校服緊貼着皮膚，喉嚨卻乾得像火燒，這讓樂思感到非常不舒服。

這時遠處傳來了奇特的「嘶嘶沙沙」聲，樂思聞聲抬頭一看，但見烏雲蔽日、黑浪掀天——不，那不是「烏雲」！那是一大團在半空中糾纏一起的「什麼」！

樂思猛地停下了腳步，在她還在猶豫要不要轉身就跑時，那團「烏雲」已經來到她跟前；當樂思終於看清楚這團東西的真身時，她的呼吸有一瞬間停止了，瞳孔遽然擴張至極限。

扁平的身體、長絲狀的觸角、覆蓋背部的黑褐色翅膀、紅棕色邊的淺色斑紋——比人類歷史更悠久、被大部分人類視為畢生宿敵、甚至被譽為「無法滅絕」的藍星最強生物

——蜚蠊！又名，蟑螂！

能想像嗎？超過十萬隻蟑螂同一時間在天空中飛舞的畫面！樂思還未反應過來，那羣黑壓壓的恐怖分子已經鋪天蓋地朝着樂思迎面而來！

那一天，樂思終於回想起小時候曾經一度在家中被蟑螂追逐的恐怖，還有她跳上家中沙發後下意識地發出尖叫的恐懼。

樂思僵硬地轉過身，嘗試用意志力驅使釘在原地的雙足加速逃跑，但她還沒走上幾步，黑褐色的潮水已經洶湧地從後湧至把她淹沒。

即使拚命地揮舞雙手也無法驅趕漫天飛舞的蟑螂；蟑螂那如溝渠水混雜排泄物的惡臭及滑翔時那吵鬧的「嘶嘶沙沙」聲，就像是一個密不透風的牢籠般把她困在其中；加上感受到身上每一吋皮膚都傳來蟑螂爬行的搔癢感與輕微刺痛感——在強烈的恐懼與厭惡交集下，樂思腦海中響起了彷彿有什麼東西斷掉的聲音。

算了，毀滅吧。

這種臭生物、這顆破星球，毀滅吧！

把一切都毀滅吧！

只見紅光一閃，那十萬多隻蟑螂同一時間在空中爆開！

半透明中帶點白的粘稠汁液四濺，淋滿樂思一身，刺鼻的臭味迅速鑽進了她的鼻腔。

這些發出惡臭的白色液體正是蟑螂體內存着的脂肪體和蟑螂卵爆開後的「禮物」，當中夾雜了麻風分枝桿菌、傷寒桿菌、痢疾內變形蟲、鼠疫桿菌、鉤蟲、腸病毒、肝炎病毒、葡萄球菌、大腸桿菌、沙門氏菌以及鏈球菌等等的細菌、病毒與寄生蟲，全都不是好惹的病原體和致敏原，但現在，它們遍佈樂思頭上、臉上、身上。

樂思低頭查看了一下自己的情況，當她看到身上的校服都沾滿了那嘔心的液體時，一股怒氣直接衝上她腦門。

太過分了！

弄得這麼髒，叫人回家要怎樣洗衣服？

這次鐵定會被爸媽罵死了！

這時遠處傳來零星的尖叫聲，樂思抬頭一看，另一團發出沙沙聲的「烏雲」正在前方不遠處集結。樂思一邊盯着「烏雲」一邊踉踉蹌蹌地站了起來，紅筋迅速爬滿她的眼白，連她的瞳孔也由黑色瞬間變成了鮮紅色，只見她雙腳漸漸離地升起，然後如同離弦之箭般向前方急射而出！

蟑螂，必須全部毀滅。

這種嘔心得要命的生物，殺無赦！

為保障大家的精神健康，消滅近一百萬隻蟑螂的過程就不詳述了，只能說在「香城特殊犯罪對策局」的特警趕到現場時，現場到處都散落着發出惡臭的黏液、破碎的沙石水泥，及蟑螂的黑色殘肢——對了，還有兩個身影站在馬路的中央。

一個全身佈滿粘稠半透明汁液的紅髮身影，正死死地捏着一個頭上長着兩根蟑螂長觸鬚、腰部還多長了一雙蟑螂腿的男人的脖子。

這怎麼看都是兩隻怪物在打架啊？難道是內訌了？

馬斯達領着 SCA 特警悄悄包圍兩人，當他看到蟑螂男背上的翅膀張開到極限還不斷顫抖、身體失控地抽搐、臉色由白轉紫時，他果斷地舉起手中武器：「SCA 特警！你們已經被包圍了！立刻跪在地上並把雙手放在頭上投降！」

滿身黏液的紅髮身影回首看了馬斯達一眼，一陣鮮紅的殺意讓他汗毛陡地倒豎，冷汗從背上悄然滑下。

馬斯達正準備開槍當場射殺黏液女，這時他身後那把低沉磁性的聲音下了一道命令：

「住手，生擒。」

馬斯達領命，立刻改用電擊槍射向那紅色的背影。

高壓電流幾乎奪去了樂思的全部意識，她鬆開了捏着蟑螂人脖子的手，無力地跪倒在地上。

SCA 特警連忙上前用三副特殊手銬把蟑螂人的雙手四足銬住，然後把他拖往一架全黑色的豬籠車上。

現場就剩下樂思一個人倒坐在地上，只見她的頭髮漸漸變回黑色，眼中的紅光也慢慢消退……在理智回歸的那一瞬間，樂思沒有理會滿臉滿身的髒污，直接原地崩潰痛哭起來。

剛才發生了什麼事？自己到底怎麼了？難道……自己變成了怪物嗎？不再是人類嗎？

接下來一輩子都要被關在「特殊犯罪監獄」裏嗎？

克特……以後沒法再借他的功課來抄了嗎？

樂思絕望地仰天痛哭，不知哭了多久，冷不防她身後傳來了一把溫潤磁性的聲音：

「你，是人類嗎？」

樂思回首一看，一個穿着筆挺黑西裝的中年男人正蹲在她身旁用關切的眼神望向她。

「我……我也不知道，我還算是人類嗎？」

中年男人再問：「如果你不是人類，那又是什麼呢？」

兩人對峙良久，終於，眼角還掛着淚珠的樂思露出一個迷茫的笑容：

「我，到底是什麼呢？

「I am lost（我完全搞不清楚了）……」

中年男人眼神一凝——香城專屬超級英雄，洛絲（Lost），就在此刻誕生。

後來「香城特殊犯罪對策局」為了幫樂思的「首戰」收拾殘局，花了接近一季的預算——不但要清理受影響的區域，還要治療那些因沾滿蟑螂體液而生病的市民，更要花錢把整件事的相關影片和評論通通壓下——幸好當時樂思滿臉黏液，影片和照片都拍不清楚她的容貌，不然就要花更多的錢去封口了……

然而，精打細算的賴夫卻把這筆開支掛到樂思頭上，並用這筆債務要脅樂思成為香城的「專屬英雄」，否則便會通過法律手段要求她的父母代為償還……

就這樣，本來無意當英雄的樂思只能答應「打工」，自此，洛絲不但在怪物壞蛋出現時必須隨傳隨到打擊罪惡，而且每次出勤後都得寫報告交給賴夫，然後好不容易得來的獎金還被扣起大部分用作還債！

因此，洛絲在執行任務時會特別小心，務求不讓賴夫再有任何藉口增加她的債務；可惜事與願違，在她還未熟練地掌握自己的念動力時，好幾次都因拿捏不準力度而造成了較大的破壞，於是洛絲只能一邊聽着賴夫那把磁性動聽的聲音安慰自己，一邊眼巴巴地看着自己的債務一路飆升。

香城真不愧是藍星上數一數二物價高昂的城市，百物貴、打工難、居不易啊！

作為一個罕有的「半工讀」中學生兼擁有強大超能力的「社畜」，洛絲唯一的訴求便是「返工」，好讓她早日還完欠債回復自由身！

「『#3 蜚蠊散播計劃』失敗原因：出現預計外的英雄，洛絲。」

洛絲從回憶中醒過來，看着熒幕上的截圖深深吸了一口氣，盡可能用平靜的語氣問道：「所以說，當年那個嘔心的『蟑螂人』也是受『頭腦人』的指使，才會在家中養出近一百萬隻蟑螂，並妄想用蟑螂來征服世界？」

「是的。」

洛絲眼神一冷：「我與這個『頭腦人』之仇不共戴天！查到他在哪了嗎？我現在馬上去抓他！」

「我們也正在追查『頭腦人』的真正身分。」

賴夫一語既畢，熒幕上立刻顯示了一個大概是從閉路電視中擷取的畫面，畫面裏有一個穿着黑色衣服的模糊人影。

「這是……？」洛絲瞇起眼睛看了看，這身影怎麼感覺有點熟悉？

賴夫解釋：「這是我們唯一得到的『頭腦人』照片，由於那部閉路電視解像度太低的關係，技術部門縱使傾盡全力也無法清晰顯示他的模樣，我們只能憑他的外觀身形推斷，他是一個年約二十至三十歲，中等身材的男子。」

「原來香城內還有特殊犯罪對策局查不出來的東西啊？」洛絲語帶嘲諷地説，「當初調查我的父母和朋友時不是挺有效率的嘛？還是你們的能力就僅止於欺壓普通市民而沒辦法抓真正的罪犯？」

普庭別過頭瞪大了眼睛盯着洛絲：「注意你的言詞！我們是在保護他們！」

洛絲也不甘示弱地瞪回去：「你們找了兩隊 SCA 特工全天候廿四小時監視我的父母和我最要好的朋友！這叫保護嗎？」

猶記得，在簽「專屬英雄」合約的那一天，賴夫給了洛絲兩個選擇。

第一，成為保護香城的專屬超級英雄，受香城政府的管轄及特殊犯罪對策局的指揮，這樣香城政府便會為她隱瞞身分，並確保她的父母和克特的安全。

第二，如果樂思不願意成為香城「專屬英雄」，那麼她便要立刻償還所有欠款；就算她逃離香城，香城政府也會把樂思及其家人全部的資料上載到「特殊能力監察名單」中，讓世界各地的政府都得知「念動力者樂思」的存在——換言之，無論樂思和她的家人逃到哪兒，都將會受到當地政府的密切監視，甚至惡意驅逐。

當時樂思在聽到這兩個「選擇」後，幾乎啞然失笑：「這能稱為『選擇』嗎？」

賴夫一臉淡定：「能，你自己的命運，由你自己選擇。」

樂思在香城生於斯長於斯，這兒有着她溫暖的成長回憶，也有着對她來說非常重要的人。所以，縱然她一點都不想當英雄，可她更不願意離開這個充滿感情的地方。

於是，「樂思」成為了「洛絲」，成為了守護香城的超級英雄。

後來她才知道，合約中所謂的「確保安全」，便是安排了兩隊 SCA 特工二十四小時全方位監視她的父母和克特。

表面上，說這樣做能夠在不驚動大眾的情況下，悄悄地清除所有想對樂思父母和克特不利的人；但實際上是把三人當成人質，以確保洛絲不會胡作非為，或背叛香城。

洛絲一直知道，自己對於香城政府來說是一把雙刃劍，是既被委以重任卻又被處處提防的存在——從政府角度來說，人，只分為「能完全掌控」和「不可掌控」兩種——「用人不疑，疑人不用」？不存在的。

普庭冷冷地回答：「我們是為了維持香城穩定而誕生的特殊犯罪對策局，對於守護香城的秩序我們責無旁貸——即使要作出一定程度的犧牲！」

洛絲嘴角一撇：「誰愛犧牲誰去犧牲啊？」

普庭霍地站了起來，一米九的身體居高臨下地壓向洛絲：「能力愈大，責任愈大！如果你不想肩負這個責任，那你根本沒資格擁有這份能力！」

洛絲毫不畏懼地直視着普庭，瞳孔邊緣逐漸染上紅色。

「夠了！」熒幕中的賴夫伸手拿了一片巧克力放進口中嚼着，「洛絲，我能明白你對SCA很多作法都感到不滿或不解，但同樣作為香城人，我相信你也希望你的家人和朋友能夠活在一個安全穩定的城市裏，對吧？」

洛絲聞言，眸中的紅光迅速退去，她的視線重新落在熒幕裏那模糊的閉路電視擷圖上：「那麼，為保障香城安全，我應該如何把這個連樣子也不清楚的『頭腦人』抓出來？」

「調查他的真正身分是我們 SCA 的工作，屆時你負責協助 SCA 特警逮捕他便可。」賴夫微微一頓，輕描淡寫地補充了一句：「順帶一提，『頭腦人』的懸賞金額是，三千五百萬元正。」

這次換洛絲霍地站了起來：「這種害羣之馬、社會敗類、犯罪分子就該早日緝拿歸案！」

在洛絲充滿幹勁地離開「L 號房」後，普庭盡力抑壓着語氣中的不滿問賴夫：「當初你到底為什麼選她當香城的『專屬英雄』？如果是因為聘用其他英雄的預算太高，我們也可以把『洛絲』租借給其他對英雄需求較大的城市來補貼開支，不是嗎？」

熒幕中的賴夫微微一笑：「因為，這是『原石賭博』啊。」

第二章 普庭 PROTECT

普庭從小就是一個鶴立雞羣的孩子。

真的是物理上的「鶴立雞羣」——她在幼稚園時期便比其他同學高一個頭;小學時期的身高更是一騎絕塵地抛離全校同學;加上她四肢健壯、肩寬背闊、皮膚黝黑,不知何時開始她有了一個外號,叫「大黑熊」。

與魁梧的外表相反,普庭有一顆纖細敏感的心。

這得歸功於她打從幼稚園開始,每當跟他人有衝突,身邊的成年人都會在不弄清楚事情始末的情況下,認定全都是普庭的錯,並要求她讓步。

普庭的玩具被親戚的小孩搶走,她搶回來?不行的,只要對方嘩嘩大哭,普庭就會立刻被父母扣上「以大欺小」的帽子——「你長得牛高馬大,讓一下小弟弟/小妹妹怎麼了?」——要是普庭不服,嘗試據理力爭,那麼父母的臉色便會瞬間沉下來;即場來一番說教少不免,親戚離開後被父母教訓一頓也是閒事。

普庭的茶點或零食被同學不問自取,她哭着向老師投訴?沒用的,老師會告訴她,她塊頭大,應該讓一下長得比較矮小的同學,不然就是「小器」;如果普庭嘗試把茶點或零食奪回，同學們就會跑到老師那兒異口同聲地指控普庭「校園欺淩」，而老師通常會選擇相信「多數同學」——「如果你沒做錯事，怎麼會有這麼多同學一起說你不是？又不見其他同學會這樣子？你應該好好反省一下自己做得不對的地方，而不是狡辯說其他同學集體誣衊你！」

普庭雖然長得高，但她並不喜歡運動，偏偏中學的籃球老師看中了她強健的體魄，以「運動獎學金」為誘餌，直接向普庭父母提出，要讓她加入籃球校隊代表學校出賽的要求，普庭父母在沒有事前跟她商量的情況下替她答應了。

這時的普庭已經變成了一個毫無主見、唯唯諾諾的人。她害怕表達自己的想法，更害怕跟他人有任何衝突——畢竟在她短暫的人生中，每次衝突的結果都必然是她的錯，那倒不如打從一開始就認命接受其他人對她的不公吧？

不幸的是，普庭空有一副矯健的身軀，但她的運動神經卻不發達。無論她多努力練習，她的反射神經和籃球技術卻在籃球隊中敬陪末席，說白了就是個拖後腿的；可是幾乎全部隊友都知道她拿了「運動獎學金」，偏偏她的技術又這麼爛，結果大家的不滿與日俱增，後來甚至直接當面喊她「笨蛋熊」，極盡嘲諷之能事——但普庭還是忍下來了。

是自己不好，技術太爛，拖了籃球校隊的後腿，同學們不喜歡我很正常，恥笑我嘲諷我也很正常……是我的錯！忍忍就過去了！

當時普庭已經習慣把所有的過錯全都攬在自己身上，然後把他人對自己的侮辱和欺凌合理化——既然是合理的，自然就不應該還擊，只能忍受。

直到那一天，普庭遇上了改變她一生的那個人，前香城「專屬英雄」，馬斯達。

話說普庭升上中學後，由於已經不太懂得怎麼跟別人溝通，所以無論在學校還是在家中大多都是保持着一個沉默寡言、少做少錯的狀態；唯一例外的是，她每天下課後都會走到學校附近的公園餵流浪貓，風雨不改。

「咪咪，今天我買了吞拿魚味道的罐罐啊，快過來嚐嚐看！」

一隻黑白啡的三色貓從草叢中慢慢步出，只見牠警戒地環視了一圈，確保附近除了普庭外沒別的人類後，立刻小跑到普庭面前把頭埋進罐罐裏大快朵頤。

普庭抱膝蹲在一旁，看着咪咪吃得開懷，眼中溫柔如水：「咪咪你看，我給其他貓都只是買乾貓糧，但我給你買了罐罐喔！你一定要好好補充營養，然後生一堆胖胖白白的小孩啊！」

是的，咪咪是一隻母貓。個多月前，普庭發現平常溫馴的咪咪突然死活不肯給人觸碰，連摸一下頭都會猛地縮後，然後呲牙裂嘴地發出「嘶嘶」的哈氣聲。起初普庭還以為咪咪受傷或生病了，擔心不已；後來發現咪咪的腹部日漸隆起，才恍然明白原來這是動物出於母性本能的保護。

「咪咪，你猜我媽媽懷着我時是不是也像你一樣細心保護我呢？」普庭的目光開始散渙，彷彿陷入了某段回憶中：「聽說動物長得高壯是一種優勢，比較容易存活下來，對吧？為什麼換了是人類，長得高壯卻成了一個吃虧的理由呢？」

咪咪抬起頭看着普庭，不知是安慰還是不屑地「喵」了一聲，然後又埋首於美味的吞拿魚罐罐中了。

罐罐很快便被吃得精光，普庭拿起空罐站直了身子，望向吃飽後正悠然地舔着爪子洗臉的咪咪，語帶羨慕地說：「如果下輩子可以選，我還真想當一隻貓呢！又不用上學、又不用跟其他人打交道……而且貓媽媽大概會一直守在孩子身邊保護牠，咪咪，對嗎？」

咪咪洗臉的動作頓了一頓，給普庭翻了個白眼，差一點沒口吐人言：「你這供飯的人類到底在說什麼蠢話？母親守護孩子是天經地義吧？」

普庭苦笑了一下，拿着空罐子和用來墊着乾貓糧的廢紙走到公園洗手間旁的垃圾桶丟棄，然後徑直走進女廁洗手——然而，就在她整理完畢剛踏出洗手間之際，不遠處傳來了貓咪的悲鳴聲，以及，人類帶着惡意的笑聲。

「喵嗚嗚嗚——」

「哈哈哈哈！牠還想跑！快踢牠！踢牠的腿！踏牠尾巴！讓牠跑不了！」

「這貓好像懷孕了啊？我們直接踢牠肚子，看看能不能催生吧！」

「你們下腳輕一點！別那麼快踢死了！太快死掉就沒意思啦！嘿嘿！」

普庭以這輩子最快的速度跑回剛才咪咪洗臉的地方，赫然發現有五個跟她不太咬弦的學校籃球隊隊員正圍成一圈，你一腳我一腳地朝圈內踢了又踢，而貓咪的悲鳴聲正是從圈內傳出來的！

「你們在幹什麼！」普庭感覺自己全身都在發抖，「快住手！」

五人聞聲回首望向普庭，其中一人嘴角微揚，嘲諷地道：「笨蛋熊生氣了，好可怕唷！」

另一人故意站開半步，讓普庭看到躺在地上奄奄一息的咪咪：「你的籃球技術那麼爛，與其把時間花在餵野貓上，倒不如多練習一下吧！我們可是一片好意，特意來幫你掃除會讓你浪費時間的……原因。」

普庭緊咬下唇，雙拳緊握，淚水不受控地瘋狂湧出，模糊了她的視線。

「怎麼了？生氣了？不是吧？原來平常被老師稱讚『脾氣好』都是裝出來的？那以後別叫你笨蛋熊了，叫你裝假熊吧！」

「對對對，如果你的好脾氣不是裝的，那就不會真的生氣吧？不會跟我們計較吧？」

「畢竟只是一隻畜生……」

聽到這裏，普庭腦海瞬間變得一片空白，喪失理智前最後聽到的聲音，是自己發自胸臆的怒吼。

當普庭回過神來的時候，她發現自己左手正揪住其中一個籃球隊隊員的衣領，沾滿鮮血的右手拳頭剛離開她那張已經被揍得臃腫難分的臉；至於其他四人則同樣是被揍得鼻青臉腫、屁滾尿流，紛紛躺在地上呻吟着。

普庭驚訝得想鬆開雙手，但倏地發現自己全身都動不了；後頸有一陣溫熱的觸感傳來莫名的力量，控制着她的身體。

「冷靜下來了嗎？」這時一把渾厚的男性聲音從普庭身後響起。

普庭想點頭，但她的頭動不了；她想張口說是，但她的嘴動不了；結果，她只能奮力從喉嚨間勉強發出「嗚嗚嗚」的聲音，算是回答——活像一隻被人掐捏住後頸皮在哀叫的貓咪。

「很好，我現在收回對你身體的操縱，你乖乖站在原地別動。」

那股控制着普庭身體的力量瞬間消失，她兀立原地巍然不動，連攥緊的拳頭和揪住的衣領也沒鬆手。

身後的男人忍俊不禁，「噗嗤」一聲的笑了：「叫你別動你就一動不動啊？真是聽話的好孩子。」

他走到普庭身旁，睥睨着躺在地上呻吟的眾人，冷冷地說：「你們涉嫌觸犯香城法例第127章《防止殘酷對待動物條例》，我現以『香城專屬英雄』馬斯達之名拘捕你們！你們有權保持緘默，否則所說的一切都會成為呈堂證供，明白了嗎？」

回答馬斯達的是此起彼落的呻吟聲。

普庭盯着馬斯達那棱角分明的側臉，不可置信地眨了眨眼睛——當時還不滿三十歲的馬斯達濃眉大眼，留着一頭及頸的蓬鬆捲髮；金色與綠色交織的英雄服下是隆起的肌肉——對，他就是風靡香城萬千女性，超能力為「操縱」的「香城專屬英雄」，馬斯達。

「操縱」，顧名思義，馬斯達可以透過直接觸碰對方的皮膚來完全操縱對方的身體，而且可操縱的種類不局限於人類，還包括所有「有機體」（基本上涵蓋全部生物），這在當時來說可算是一個石破天驚的能力。

這能力唯一的缺點是「距離」，畢竟馬斯達不直接碰到對方的皮膚就沒法施行操縱能力，因此香城花重金幫他度身訂造了一套滿載加速器的英雄服，以速度來彌補他這個弱點。

香城的全民偶像、「專屬英雄」，竟然活生生出現在自己面前？剛剛……剛剛他還直接觸碰了自己後頸位置的皮膚？

普庭腦子裏思緒紛飛，整個人猶如被石化的雕像般呆站原地，直到馬斯達走到咪咪身旁蹲下來察看牠的情況，問：「這是你的貓嗎？」

她這才驀然驚醒，連忙把手裏揪着的籃球隊隊員隨手丟到一旁，三步併作兩步的跑到咪咪身邊。

只見咪咪躺在滿是泥沙的公園走道上，身軀微微抽搐着，眼睛半閉，嘴巴半張，出氣多入氣少，距離死亡只有一步之遙。

「咪咪！」

普庭見狀跪倒在地上，雙手慌亂地在半空中揮動着，既想摸一下咪咪，但又怕自己亂碰會導致牠傷勢加重，最終一切的情緒都化為一聲響徹雲霄的嚎哭。

同一時間，馬斯達半蹲下身子，把手掌輕輕按在氣若游絲的咪咪肚子上。

一陣綠光從馬斯達的掌心一閃而過，咪咪的身軀馬上停止了抽搐，呼吸也變得平穩起來。

「這是……？」普庭也不管自己眼淚鼻水糊了一臉，一臉殷切地望向馬斯達，盼着從他口中聽到好消息。

馬斯達輕歎一聲：「我操縱了牠的身體，止住了牠的內出血……貓媽媽的性命是保住了，但肚子裏的孩子已經救不回來了。」

普庭停下了哭喊，輕柔地把手掌按在咪咪的肚子上，感受着牠雖微弱但漸趨平穩的呼吸。

「我會找人把牠送往 SCA 附屬的動物訓練所，動手術把死胎拿出來，並讓牠在研究所內休養至完全康復為止，你放心吧。」

普庭咬着下唇，死盯着咪咪的肚子，倏地伸手緊緊抓住馬斯達的手臂：「如果我有像你一樣強大的力量，那些人是不是就不敢欺負咪咪了？咪咪是不是就不會遭遇這種事了？」

馬斯達瞄了一眼自己被抓的手臂，把手直接搭在普庭的手背上：「你知不知道為什麼每個城市都挖空心思想找一個『專屬英雄』？」

普庭搖了搖頭。

「這是因為，當一個城市擁有『專屬英雄』的時候，就等於對所有犯罪者宣告，有一個超凡的存在正在守護這個城市，他們犯罪時失敗的可能性增加了、被抓的風險提高了——

「對大部分的普通犯罪者來說，一個『專屬英雄』便足以起阻嚇作用了。

「所謂『英雄』，就是要讓犯罪者感到『恐懼』的存在啊。」

馬斯達的手心又閃過一陣綠光，普庭的右手不由自主地握緊了拳頭，卻沒察覺到同一時間，方才打架時所受的傷已悄悄地被馬斯達治好。

「英雄的工作，最重要的不是抓犯人，而是震懾犯罪者，讓他們感到畏懼；試想想，如果躺在地上的這些畜生早知道你擁有這樣的力量，他們還敢虐待咪咪嗎？」

普庭看着緊握成拳的右手，眼神漸漸變得澄明。

「記着，退讓只會使人肆無忌憚地得寸進尺；如果要捍衛重要的東西，那就得讓其他人知道，你擁有能傷害對方的能力；唯有變得強大，使他人畏懼你的力量而不敢作惡，這才是對弱者最大的保護，明白嗎？」

普庭對上了馬斯達那鷹隼般鋭利的眼睛，用力地一點頭：「我會變得強大的，我要像你一樣成為讓人畏懼的存在！我要保護所有弱小的生命！」

馬斯達輕笑一聲，放開了觸碰着普庭的手，握拳與普庭的拳頭相碰：「很好！期待你將來加入 SCA，與我一起為保護香城而戰！」

語畢，他就加速離開了公園，剩下普庭一個人聽着警笛聲由遠至近的接近；在香城警察來到現場時，他們看到的是，一個巍峨地站在五個傷者中央的高大背影，她的雙手一直緊握成拳，沒有鬆開過。

普庭加入 SCA 的路並不順遂平坦。

儘管有英雄馬斯達的證言證明那五個學生虐待貓兒在先，但普庭打傷了五人也是不爭的事實。幸好司法部門考慮到普庭初犯及未成年；傷者所受的大部分都只是皮外傷並無後遺症；加上馬斯達撰信為她求情，所以最後決定不予提告，改為「生活監察」兩年。

這兩年裏普庭不但要謹言慎行不能犯事，還要定期到臨牀心理學家處接受診斷，由專家確認她再也沒有犯罪傾向後，這事就算是了結。

可是，即使普庭在法律上承擔了責任，也不代表學校方面會原諒她，畢竟，她可是憑一人之力把整隊籃球隊的主力送進了醫院。

於是她被退學了。

但普庭不怕，她跟父母說自己已下定決心改過自新，所以懇求父母把她送進一間校風極為嚴格的寄宿學校，好讓她鍛煉自己的心志。

父母愕然地看着這個從小到大都唯唯諾諾的孩子，這是她第一次這麼堅定地說出自己的想法；或許是被普庭剛毅不屈的氣魄所說服了吧？父母破天荒地沒有否定她的要求，也沒有再要求她「凡事忍讓」。

對，現在普庭已經不再是那個只會凡事忍讓退縮的孩子了；她心中有着強烈無比的信念，使她決意要鍛煉自己的力量，開拓未來前進的路。

鐵了心要加入 SCA 的普庭在整個中學生涯裏，幾乎沒有任何社交生活或玩樂時間，她每天都焚膏繼晷地讀書、夙夜匪懈地鍛煉身體，還積極地參加校內所有武術學會和興趣班，孜孜不倦地學習各式各樣的武術……

她要不斷變強，直到某一天她強得可以站在那個帥氣的身影旁邊，跟他一起保護重要的事物！

普庭的書桌前，一直貼着馬斯達的英雄海報，每當她疲累得萌生放棄的念頭時，她都會手握成拳，輕輕與海報中的馬斯達拳頭相碰。

終於，文武雙全的普庭以極優異的成績考進了香城最高學府——香城大學。

普庭的父母幾乎是喜極而泣，他們把這個消息在各個親戚羣組、家族羣組中轉發又轉發，那些小時候跟普庭搶玩具的親戚孩子偏又考不上香城大學，只能恨得牙癢癢地看着羣組內的普庭父母不斷地「分享喜悅」。

但普庭並沒有被成功沖昏頭腦，她明白考進香城大學只是一個開始，要進 SCA 的話，她得比中學時期付出更多的努力和時間……

三年多過去了，皇天不負有心人——大學還未畢業，表現亮眼的普庭已提早被SCA招攬，她欣喜若狂的答應加入，並主動提出想成為「特警組」的成員。

由於「特警組」成員經常要跟「專屬英雄」一起行動，工作既危險又辛苦，很少有新人一開始便願意加入，結果這成功引起了馬斯達的注意。

「普庭？……」馬斯達看着申請表上的名字與照片，陷入了沉思。

十年過去了，普庭的樣子當然起了很大的變化，連身高都飆升至接近一米九，馬斯達一時認不出來也是正常的；但當他在電腦系統內翻閱普庭的個人資料時，「暴力傷人」幾個字瞬間勾起了他的回憶。

「原來……是當時的小女生啊！」

「特警組」新人訓練的第一天，普庭穿着淺綠色的特戰訓練服，緊張地站在列隊中，眼睛忍不住一直瞄向房間入口。

過了不久，房間大門被推開，一個穿着筆挺黑西裝的中年男人和一個穿着墨綠色軍服的健碩男人應聲而進。

普庭連忙把腰板挺直，眼睛死盯着前方男生的後腦杓，一動不動地站着。

「各位新人，早安，歡迎加入 SCA。我是『香城特殊犯罪對策局』的局長賴夫，身旁這位相信大家都很熟悉……」

「我是香城的『專屬英雄』，馬斯達，也是未來半年會負責訓練大家的魔鬼教官。」馬斯達嘴角微揚，視線落在某個高大的身影上。

普庭眸光微抬，終於再次對上了那雙猶如鷹隼般鋭利的大眼睛；不同的是，這次他的眼裏，有着期許的目光。

由「新兵普庭」晉升至「普庭少尉」，她只花了三年時間。

這三年間，馬斯達對普庭青眼有加，不但額外教她近身格鬥術與各種武器的使用方法，還常常向她傳授作戰策略和實戰心得；後來更親自帶「新兵普庭」上場，好讓她能盡快累積實戰經驗。

普庭也沒讓馬斯達失望，她很快便成為了一名獨當一面的 SCA 特警指揮官，晉升速度驚人。

兩人的師徒情在 SCA 內可說是人盡皆知，但就在大家以為普庭在不久的將來會成為「特警組」一把手之際，變故陡生。

馬斯達宣佈辭任香城的「專屬英雄」，退居二線；新的香城英雄，洛絲，誕生。

其實普庭早有預感。

據統計，絕大部分的英雄都會在青少年時期覺醒超能力；而幾乎所有超能力都會在英雄二十五歲後開始衰退，並在三十歲至四十歲之間完全消失；全藍星的科學家投入了無數資源也研究不出延長超能力壽命的方法，最終只能得出一個結論——這是神的旨意。

三年以來，普庭再沒見過馬斯達施展他的「操縱」能力，當時，他已經接近四十歲。

誠然，以馬斯達的戰鬥技術和經驗來說，即使他失去了「操縱」能力，仍然是讓香城罪犯聞風喪膽的存在，擔任香城的「專屬英雄」絕對是綽綽有餘；可一切卻似是冥冥中自有注定，在馬斯達失去超能力的同時，香城一個十四歲少女覺醒了強大的「念動力」；她，取代了馬斯達的位置，成為了新的香城英雄。

本來嘛，春秋更替，物換星移，普庭心裏也接受了「一代新人換舊人」是無可避免的事情，她跟馬斯達一起好好待在「特警組」輔助新英雄便是；偏偏那個混蛋局長突然把普庭由「特警組」升任至「英雄部」，日常負責與英雄洛絲的聯絡、進行情報搜集與交流，以及派人長期監視洛絲的家人和好友。

對於調離前線，離開馬斯達所在的「特警組」，普庭曾經向賴夫強烈表示反對。

賴夫露出一個意味深長的笑容：「哪有人不喜歡升職的？你到『英雄部』可是直接升任做部長啊！」

普庭搖了搖頭：「我這種滿身肌肉的粗人不適合要有細膩心思和伶俐口齒的『英雄部』。」

賴夫眉頭一揚：「可我就是覺得你很適合啊！動手動腳多了，改為動動腦子不好嗎？」

「不好，我喜歡待在前線抓壞人，不喜歡看着隊員在外面出生入死，而自己則安全地坐在辦公室裏做文件工作。」

「『你不喜歡』並不能成為一個合理的拒絕理由，局裏的職位安排是我說了算。現在

『英雄部』缺人，你是最合適的人選。」

「為什麼我是最適合的人選？比我資深、比我經驗豐富的人比比皆是吧？」

賴夫陡地一頓，繼續用意味深長的眼神看着普庭。

普庭被他的目光盯得混身不自在：「怎麼了？」

賴夫嘴角微微勾起，回答說：「因為，你是局裏最年輕的指揮官。洛絲才十四歲，要是我派個大叔擔任她的聯絡人，你覺得他們之間的溝通會順暢嗎？」

普庭啞口無言，她怎麼都沒想到被升任「英雄部」部長的原因竟然是年齡！

當她仍在震驚當中還未回復過來時，賴夫走到她的身邊拍了拍她的肩膀：「你跟洛絲都是年輕人，沒有代溝，溝通比較容易，你就跟她好好做朋友吧！這是任務，不許拒絕，明白不？」

普庭望向賴夫，眼神中的迷惘一閃即逝。

「Yes sir！我明白了！」

朋友嗎？……

這個名詞對普庭來說非常陌生。

她的生命中，彷彿只存在過「同學」、「同事」和「隊友」，嚴格來說也有「老師」、「上司」與「下屬」，但，就是沒有「朋友」。

脫下墨綠色軍服，穿上深藍色SCA正裝制服後，普庭打開了「洛絲」的檔案，開始分析和研究這個名叫「賈樂思」的女孩。

出身於一個非常普通不算富裕的家庭，父親是個建築工地的小工頭，母親是個偶爾打打零工的家庭主婦；成績不過不失，勉勉強強考上了香城傳統名校杏壇中學；跟男同學克特從小學伊始便是同班同學，兩人感情挺好，但並不是男女朋友關係；樂思起初曾拒絕擔任香城的「專屬英雄」，是賴夫軟硬兼施加上故意讓她背負巨額債務，她才勉為其難地答應的……

怎麼看都是一個平凡又普通的女中學生，為什麼偏偏是她覺醒了超能力呢？是上帝剛好擲骰子選中了她嗎？還是說她上輩子拯救了銀河系？

最讓普庭難受的是，為什麼覺醒超能力的不是自己？

明明她比誰都努力去追逐那綠金色的背影！明明她比誰都渴望去保護每一個弱者！

或許，正因如此，普庭跟洛絲的第一次見面鬧得並不愉快。

「你好，我是來打工還債的悲慘少女，洛絲。」

穿着杏壇中學校服、背着書包的洛絲向普庭隨意地揮了揮手，算是打了個招呼。

普庭眉頭輕蹙，不自覺地歎了一口氣才說道：「你能不能有一個英雄的樣子？」

洛絲陡地仰起脖子直視普庭的眼睛：「請問，一個英雄應該要有什麼樣子？」

「所謂『英雄』，就是要讓犯罪者感到『恐懼』的存在。看你一副吊兒郎當的樣子，怎麼震懾罪犯？怎麼讓他們感到害怕？」

「是嗎？」洛絲皮笑肉不笑地向辦公桌的方向舉起右手一捏，普庭桌上的馬克杯瞬即爆裂，杯中的水立刻灑滿整個桌面。

「這樣震懾罪犯，你看可以嗎？」

普庭頂着一張撲克臉快步走到辦公桌前把桌上的文件移開，再抽了幾張面紙開始擦桌子：「這是絕版的『英雄馬斯達』出道二十周年紀念馬克杯，最新網上價已炒至二千多元，我會向賴局長申請把這筆款項撥入你所欠的債務中的，放心。」

「放心吧！那個網上炒價很快便會應聲下跌，因為之後大家會改為搶購『英雄洛絲』的出道紀念馬克杯！」

普庭擦桌子的手一頓，陰冷地瞪了洛絲一眼。

「『英雄馬斯達』保護香城逾二十年，深得市民敬重和愛戴，是無可取代的存在！你想取代他？門都沒有！」

洛絲慵懶地伸了個懶腰：「誰曉得呢？正所謂『江山代有才人出』，將來的事誰也說不準，不是嗎？」

「像你這種半吊子的傢伙，我猜大概熬不過第一年就會被市長罷免了！」

「哈哈！這就英雄所見略同了。我也希望香城能在一年之內解僱我啊！」

可惜，普庭和洛絲的願望都沒有實現。

退居二線的馬斯達擔任了洛絲的專屬教練和戰術指導，一步一步引導着洛絲掌握她的「念動力」。

「距離十米，拿起那個蘋果。」

馬斯達一邊咬着爽脆的蘋果，一邊指着遠方那紅色的小點。

洛絲輕歎了一口氣，伸出右手，開始集中意念。

「嘭」的一聲，整個蘋果被捏爆了。

馬斯達好整以暇地盯着洛絲：「試想像一下那個蘋果是被罪犯挾持的人質，你剛剛成功把人質爆頭了。」

花了整整一個月，洛絲才能在不弄破蘋果的情況下把它隔空移動；又花了兩個月的時間拉長隔空移動的距離；然後再用個多月練成了不用抬起手，也能透過看着東西直接用意念移動它。

之後是飛行訓練，所謂「飛行」，其實就是洛絲運用念動力「拿起」自己再往指定方向移動，因此控制力度和保持平衡是關鍵。

「**轟**！」

「**轟隆**！」

「**轟轟**！」

馬斯達望向坑坑洞洞的天花板，順手打了個電話給賴夫：「洛絲快把訓練室的天花板撞穿了，你要把維修費用掛到她帳上嗎？」

光是練習飛行，又多花了兩個月時間。

期間，洛絲除了每天放學後要到SCA進行訓練外，還接過幾次任務，可是仍未完全掌握超能力的她屢屢捅出一堆婁子，身為「英雄部」部長的普庭光是幫她收拾殘局便疲於奔命。

其時，香城市民對新英雄「洛絲」的滿意度非常低，大部分人都認為她遠遠及不上舊英雄馬斯達；香城市長立即向賴夫大大施壓，要求他必須在短時間內提升新英雄「洛絲」的民望。

賴夫把這個重任交給了普庭。

經過普庭與下屬多次開會商議後，最終決定找影視公司砸大錢開拍有關「洛絲」的電影和影集，嘗試透過耳濡目染的方式一步一步扭轉「洛絲」在公眾心目中的形象。

由於SCA暗地裏撥出預算資助，加上香城政府各部門大力支持的關係，以「洛絲」為藍本所創作的半真實半虛構的電影，由開始籌備到拍攝完成只花了三個月，再加上一個月的後期製作，四個月內便火速上畫了。

電影推出後大受歡迎，不但讓「英雄洛絲」的民望直線上升，連帶飾演「洛絲」的演員人氣亦高企，可是，真正的洛絲卻因此而很不開心。

因為電影中的她，並不是真正的她，但全香城的居民都認為，電影中那個富正義感、樂於助人、愛國愛民的洛絲，就是真實世界中的洛絲。

但其實，真正的洛絲不過是一名身不由己的打工人，還不幸地遇上了一個無良僱主，薪水低工作多還不給辭職。

「專屬英雄」合約中要求洛絲必須負責處理所有出現在香城的「特殊罪犯」；並且在香城有下一個超級英雄出現前，不得卸任——但合約中沒允許香城政府可以胡亂創作「洛絲」的背景故事和人物性格啊！

換了你是洛絲，你生氣不生氣？

當洛絲向普庭表示不滿時，普庭努力地向她解釋這做法是必要的。

「維持英雄的公眾形象也是我們『英雄部』的責任！」

「可是這個『公眾形象』並不是真正的我！什麼富正義感？什麼樂於助人？我可不想背負你們強行加上的道德光環！尤其是在我沒辦法為自己發聲，只有你們坐擁話語權的情況下！」

是的，洛絲沒有辦法為自己發聲，或作出任何辯解。

只有極少數人知道，洛絲跟香城政府簽的「專屬英雄」合約中有一個附加的「保密協議」：

在洛絲擔任香城的「專屬英雄」期間，香城政府會動用一切資源為洛絲的真正身分保密，而洛絲本人也不能夠意圖或實際上向非指定人士以外的任何人透露自己的身分，違者視作「毀約」處理。

普庭看着激動得淚光在眼眶中打轉的洛絲，剎那間彷彿看見當年那個即使據理力爭，但仍被大人要求處處退讓的自己。

「大黑熊」的記憶，頃刻復甦。

普庭的語氣瞬間軟了下來：「我明白你的感受。」

洛絲先是一愣，然後用狐疑的表情打量她。

「可是市長的命令我不得不執行，這樣吧，你快點掌握你的能力，然後抓幾個重案罪犯，做出亮眼的成績讓公眾對你有信心後，我便立刻把所有『洛絲』的影視作品下架撤檔，好嗎？」

洛絲聞言冷哼了一聲：「裝出一副同情我的樣子，結果口中說的還是叫我好好工作！

嘿，真虛偽！」

語畢，她頭也不回轉身就走。

看着洛絲漸漸遠去的背影，普庭張嘴想解釋什麼，但最終還是什麼都説不出來……

普庭向賴夫反映了洛絲情緒不穩定的問題，同時建議賴夫從其他城市另聘英雄取代她，惟馬上被賴夫否決了。

「一個情緒不穩定的英雄，根本是一個不知何時會爆的炸彈！」普庭繼續痛陳利害。

賴夫一邊在平板電腦上打開「精神科．蔡司醫生」的檔案細看，一邊回答普庭道：「不穩定的東西，既可能是一個隨時會爆的炸彈，也可能是一件不可多得的瑰寶……」

「這是『原石賭博』啊！」

第三章
賴夫 LIFE

「『投資風險』是指對未來投資收益的不確定性，在投資中可能會遭受收益損失甚至本金損失的風險……」

賴夫站在大學的講台上，向台下眾多的香城大學學生揮灑自如地解説着。

「最極端的例子莫過於『原石賭博』。翡翠在開採出來的時候，因為它的外圍被一層風化皮包住，需要切割之後才會知道內部質量的好壞。切開原石後如果裏面有上等的翡翠，買主就賭贏了；如果沒有，就輸了。一百顆原石中能開出最上等玻璃種翡翠的，可能連一顆都沒有，但還是有人願意承受這個風險去投資。」

這時台下有一個坐在最後一排的男生舉手朗聲問道：「賴夫先生，請問能不能就這點進一步請教一下？」

賴夫瞇起眼，因距離關係看不清對方的樣子，但他還是點了點頭：「當然可以。」

「既然一百顆裏也未必有一顆上等玻璃種，賭贏的機率極低，而賭輸的後果是傾家蕩產，為什麼還有人去賭石？進賭場贏的機率比這高多了不是嗎？」

賴夫馬上露出一個讚許的笑容：「對，在賭場贏錢的機率是比賭石高，但你別忘了考慮『賠率』——舉個例子，賭場內單買一個輪盤數字的『賠率』是『一賠三十五』，勝出機率是『三十八分之一』；但賭石的『賠率』根本不在同一層次，即使賭贏的機會少於『百分之一』，但『賠率』卻是幾百、甚至上千倍！

「所以『原石賭博』是玉石交易中最賺錢的、最誘惑人的，但也是風險最大的。珠寶界有一句行話：『賭石如賭命』。如果運氣好賭贏了購得上品，瞬間就能百倍千倍地賺，成為百萬乃至千萬富翁；反之時運不佳賭輸了，便會一夜之間傾家蕩產、血本無歸、輸盡賠光。故此在賭石圈內，有『一刀窮，一刀富』的說法。

「當然這只是極端例子，但也能一窺『風險』與『回報』之間的關係……由此可見，投資前必須做好『定性風險分析』，識別出所有的風險再計算投資成本與回報；然後再進行『定量風險分析』，確定風險管理的措施已有效降低整個項目的總風險……今天的講座內容到此為止，謝謝大家！」

作為香城大學風險管理科學系一級榮譽畢業的舊生兼碩士生，已在「香城特殊犯罪對策局」擔任要職的賴夫，常常受邀回母校為可愛的學弟學妹們主持學術講座。

是的，此時的賴夫只是三十多歲，還未當上局長；馬斯達已是香城家喻戶曉的「專屬英雄」；普庭正在小學裏被人欺負搶零食；而洛絲根本還未出生。

講座結束，該走的流程還是要走一走：系主任上台致送紀念品、眾高層大合照數張、學弟學妹們拿着賴夫的著作《風險管理與投資分析》排着隊給他簽名……

賴夫臉上一直掛着和煦的笑容，連嘴角上揚的弧度都幾乎不變，這是他作為政治家的「門面」。

此時恰巧輪到剛才在台下發問的男生上前，只見他靦腆地把書放在賴夫面前，低聲說道：「謝謝賴夫先生。」

賴夫有點好奇地打量了他幾眼：「小朋友，你是中學生？」

戴着眼鏡穿着校服的男生點點頭：「是的，我是附近博文中學的學生，因為聽說今天賴夫先生會來香城大學演講，所以特意在下課後立刻趕過來恭聽你的分享。今天你的演講十分精彩，我真是獲益良多，謝謝賴夫先生。」

博文中學是香城著名的貴族私立學校，沒有相當家底的學生，連面試入學的機會也沒有。眼前這個男生文質彬彬、談吐得體，一看便知要不出身於書香門第，就是出身於世家望族。

無論是哪一種，對於一個有野心向上爬的政治家來說，都是非常值得結交的存在。

「不用謝，看到你年紀輕輕便對風險管理和投資分析有興趣，我也感到相當驚喜。」賴夫在書的扉頁簽下了自己的名字後，裝作不經意地問：「我把你的名字也寫上去好嗎？」

「好啊！」男生露齒一笑，「我叫蔡司。」

「蔡司……蔡氏藥廠的那個蔡嗎？」

「嗯。」蔡司羞怯地點了點頭，「我爸爸正是蔡氏藥廠的行政總裁。」

蔡氏藥廠，一所在香城屹立了逾半世紀的老牌藥廠，一直由蔡氏家族全資擁有；亦因為藥廠的緣故，蔡氏家族的子弟大多傾向讀醫科成為醫生，還培養出不少名醫，在香城可算是實力較強的家族之一。

賴夫迅速地在扉頁上方寫下了「蔡司」的名字，然後把書往蔡司的方向輕輕一推：「我還以為蔡家的人都只喜歡揮舞手術刀呢！沒想到今天遇上一個喜歡投資的！」

蔡司把書本抱進懷中，靦腆一笑：「是的，我比較喜歡賺錢，賴夫先生喜歡賺錢嗎？」

「錢嘛，夠用就好，畢竟世上有很多比錢更重要的東西啊！」

「例如呢？在賴夫先生心目中，有什麼比錢更重要的東西呢？」

賴夫冷不防他有此一問，腦海中誠實地掠過「權力」、「地位」、「名聲」等答案。

「當然是家人和健康！沒有東西比我的家人更重要了！」賴夫笑着回答。

蔡司的瞳孔裏閃過了一道光：「賴夫先生能把家人放在第一位，他們真幸福！讓人羨慕啊！」

「客氣客氣……蔡生能有你這樣出色的公子，相信他也會以你為榮的！」

兩人客套幾句後，蔡司抱着書轉身離開了。

這時下一個拿書給賴夫簽名的學生問：「賴夫先生你好！方才的講座真是引人入勝！我好奇想問一下，如果給賴夫先生選擇，你會選『賭輪盤』還是『賭原石』呢？」

正要離開的蔡司聞言腳步一頓，轉身靜待賴夫的答案。

賴夫直接打了個「哈哈」：「有趣的問題……我會選擇不賭，這才是風險最低的做法！」

本來這道問題已告一段落，豈料站在一旁的蔡司突然插嘴：「如果某天你必須二選一呢？」

賴夫望向蔡司，沉吟了一下，回答道：「嗯……如果某天我別無選擇必須二選一的話，我大概會選『賭原石』吧？」

「為什麼？」

「因為我是一個低風險愛好者，我畢生都致力於管理和降低我生活中的一切風險。」賴夫眉宇間不自覺地流露出一份自信，「如果有一天真的出現我除了『賭輪盤』和『賭原石』外沒有其他選擇的情況，那必定是一個需要奇蹟才能解決的困難，所以，我會選擇『賭奇蹟』！」

駕車回家途中，賴夫忍不住想：真是奇怪的蔡家少爺啊……明明教養談吐都很好，怎麼說話卻毫無邊界感呢？

不過如果能藉此機會爭取「蔡氏藥廠」的支持，也算是好事一宗……

滿肚墨圈的賴夫一邊在腦海裏斟酌着各種損益，一邊推開家門，發現自己的妻子正神色慌張地從女兒的睡房走出來。

「你……你回來了？今天有點早呢！我、我現在立刻煮晚飯！」

賴夫抬手阻止了正要衝進廚房的妻子，視線往女兒房間冷冷一掃：「賴怡今天有去上學嗎？」

妻子臉色瞬間轉青，她壓低聲音怯懦地回答：「小怡今早說她身體不舒服……」

「慈母多敗兒！」賴夫甩下這一句，便直接走到女兒房門前用力一敲：「出來！」

妻子慌忙走到賴夫身旁輕輕拉了拉他的手臂：「我來不及做飯了，不如到樓下會所餐廳吃好嗎？工作了一天你也餓了吧？先去吃飯好嗎？」

賴夫還來不及說什麼，這時房門「卡」的一聲開了一條縫，兩人看着這條縫以非常緩慢的速度漸漸擴大，終於，賴怡那張雙眼無神、眼窩凹陷、臉色灰白的臉出現在他們面前。

賴怡眼下的烏青深得嚇人，說話的聲音小如蚊蚋：「爸，我是真的不舒服……」

「你都不舒服多久了？」賴夫厲聲道，「從你上學期考試不及格開始就不舒服到現在！當時你還跟我保證之後會用功讀書追回成績，現在可好，天天喊不舒服在家休息，你倒是說說你要怎麼追回學習進度？」

賴怡的眼睛瞬間泛出淚花，她語帶哭音地哀求說：「爸，我是真的不舒服……我應該是患上抑鬱症了，你能不能讓我去看精神科醫生……」

「不行！」

賴夫氣得額角都冒出青筋：「我的女兒要看精神科醫生？你有精神病這消息傳了出去，讓人知道的話你這輩子就毀了！說不定還會讓我的政敵拿來炒作醜聞來毀我仕途！」

賴怡受驚，身子抖得像篩糠，她急忙從長袖外衣的口袋裏掏出一個小金屬盒，然後用顫抖不已的手打開蓋子，拿出裏面的薄片巧克力放進口中不斷嚼着，嚼完一片又拿一片，一片又一片……漸漸她的身體沒抖得那麼厲害了。

這時賴夫卻把她手上的小金屬盒一掌拍落地上：「吃吃吃！你就只懂得吃！不舒服還吃巧克力，這合理嗎？也不照鏡子看看自己這半年胖了多少！」

「爸，我不吃巧克力控制不了自己……我會死的……真會死的……」

「藉口！都是藉口！不上學一堆藉口，吃垃圾食物又一堆藉口！我現在真的後悔小時候那麼寵你，結果把你變成了一個嬌生慣養的孩子！誰沒在生活當中受過一些小磨練呢？受一點小打擊、小挫折就説謊逃學，還裝精神病要死要活的，我怎麼就把你養成這樣子呢？廢物！」

賴怡聞言直接癱倒在地上，雙手掩臉泣不成聲：「嗚嗚……為什麼……為什麼不相信我？……我真的很痛苦……為什麼要否定我？你根本不明白我的感受！嗚嗚嗚……」

妻子不假思索立刻蹲下把賴怡擁進懷中，一邊哭一邊輕撫着她的背安慰道：「乖，媽媽相信你，媽媽明白你的痛苦……」

賴夫看着母女對泣，眉頭緊皺，心中盤算着：是不是該把二人盡快送到外國生活，以減輕對自己仕途的影響？可是如果她們在國外闖了什麼禍的話，處理起來便更加麻煩了……

愈想愈煩躁的賴夫決定先回SCA辦公室待着，待冷靜下來後再想想這事要如何處理。臨走前他瞪了一眼仍在低聲啜泣的賴怡，冷冷地說：「只會哭泣而不作計劃與行動的人，注定這輩子一事無成！」

拋下這句話後，賴夫便頭也不回的離開了。

當時賴夫怎麼也沒想到，這是他最後一次見到自己女兒了。

由於「香城特殊犯罪對策局」本身就是二十四小時不停運作的部門，因此身為「英雄部」部長的賴夫，即使半夜回到自己辦公室裏也沒人覺得意外或奇怪；英雄馬斯達更特意買了半打啤酒和一點下酒零食到辦公室找賴夫一起喝酒。

「我待會兒還要駕車，不喝了。」賴夫婉拒。

馬斯達左手拿起一罐啤酒喝着，右手舉起當空一揚，一道綠光虛晃而過：「給我五秒，我能幫你身體加速分解所有酒精，保證連最高級、最精細的酒精測試儀都測不出來。」

賴夫笑着擺了擺手：「免了，我不是一個喜歡被『操縱』的人。」

「我們都不是。」馬斯達隨手打開了一包花生吃着，「因為我們都是喜歡『操縱』別人的人。」

賴夫維持笑容，看着又吃又喝的馬斯達，沒説話。

「老實説，我很難相信一個連啤酒都不肯陪我喝的人。」

「你本來就不應該相信我，你甚至不應該相信任何『人』。」

馬斯達揚了揚眉：「啊？」

「你應該相信的，是嚴謹慎密的規章和制度，是白紙黑字的合約條款，是完善嚴密的法律條文。」

這次換馬斯達笑了：「你果真是毫無人性啊！……我就問你一個問題：如果有一天制度腐朽了呢？合約不公平了呢？法律不公義了呢？你打算怎麼辦？」

「這個時候，我們便更加需要英雄了，不是嗎？」

兩人對望良久，最終，馬斯達仰天大笑拿着啤酒零食離開了賴夫的辦公室。

處理了一整晚的公務後，在晨光熹微之時，賴夫駕車回到自己家中，赫然發現屋子裏已空無一人；餐桌上放着一把染血的㓟刀和一封妻子寫的信。

賴夫：

其實你有沒有想過，為什麼小怡在這麼炎熱的天氣下仍要穿長袖外套？這是因為她在兩個月前已經開始㓟手自殘。為免她㓟手的消息洩漏，我們甚至不敢求醫，都是自行買藥品包紮傷口。你看，我們為了維護你的形象、你的面子，付出了多少、犧牲了多少？換來的卻是你口中的一句「廢物」？

看着好端端的女兒一天比一天憔悴，你能明白當媽的心情嗎？不過我猜你是永遠不會明白的。因為你只需要一個妻子、一個女兒，來幫你說好『幸福家庭』這個謊言；那個妻子到底是不是我，那個女兒到底是不是小怡，對你來說根本無關痛癢，對不？

既然如此，請你另找他人飾演你的「幸福妻子」和「乖女兒」吧！在你看到這封信的時候，我已經和小怡一起離開了香城。後續的離婚事宜我會請律師跟你聯絡的，請不要嘗試尋找我們，我們這輩子都不想再看到你。

妻 瑪德

賴夫神色平靜地讀完信，視線落在餐桌上那把染血的剁刀上；他幾乎是出於本能反應地拿起剁刀走進廚房，然後把水龍頭扭到最大，接着把刀丟到水龍頭下沖洗血跡。

把刀洗乾淨後，賴夫走向臥室打算洗個澡換件衣服再回 SCA 上班；在他經過賴怡睡房門前時，他的右腳不小心踢到了什麼。

賴夫低頭一看，那是先前被他打翻在地的小金屬盒子，內裏的薄片巧克力還灑了一地。

他是一個低風險愛好者，野心與家庭之間，賴夫毫不猶豫就選擇了前者；因為只有這樣他才能夠奮力往上爬，竭力爭取更多的資源保護自己，以及保障家人的生活；他可是為了降低整個家庭的風險而努力啊，怎麼妻子和女兒就硬是不理解？

一股莫名的煩躁從賴夫心底升起，他提起腳狠狠地踏碎了一切，無論是那個金屬盒子，還是灑在地上的巧克力。

十年後，當他成功升任為「香城特殊犯罪對策局」局長，成為全香城「一人之下，萬人之上」的存在時，有一次他偶爾路過某巧克力店，驀地看到一個眼熟的金屬盒子。

賴夫沒有答應離婚，作為交換，他願意每個月給瑪德和賴怡一筆不菲的生活費。

對外，他宣稱妻兒是到國外念書——把妻兒送到外國讀書的高官多着呢，所以也就沒有特別引起注意。

賴夫看着那個裝着薄片巧克力的金屬盒子，心中盤算了一下，如今賴怡也該大學畢業了吧？不知道她是否還喜歡吃這種甜得發膩的巧克力？

真不懂這種巧克力有什麼好吃的。

「……你根本不明白我的感受！嗚嗚嗚……」

十年前的那一幕，忽然在賴夫的腦海中掠過。

當賴夫拿着包裝精美的金屬盒子回到辦公室時，他的秘書眼裏閃過一絲詫異——作為一個專業的秘書，她記得很清楚，賴夫局長最討厭吃甜食了，但今天他竟然買了一盒巧克力回來？

賴夫坐在由黃梨花木製成的辦公桌前，打開盒子拿了一片巧克力出來，放進口中咀嚼着。

然後他立刻轉身望向窗外，不讓秘書看見他濕潤的眼睛。

現在的賴夫，只差一步便能完成他的野心當上香城市長，但巧克力在他舌尖融化的瞬間，賴夫又彷彿覺得他所努力爭取的一切都很空虛。

嗯，不吃還不知道，這種巧克力果然很難吃。

甜得舌尖發苦，猶如寂寞的味道。

賴夫一直對「數字」深信不疑，「數字」能反映效率和計算風險；反之，「情感」是一件非常不可靠的東西，毫無邏輯、隨時變動，而且不可複製。

所以，賴夫對任何人的「信任」都是建基於數字上，而非情感上。

包括他對洛絲的信任。

「念動力」，是一個極為罕見又十分強大的超能力。

英雄史上只有不足十個英雄曾經擁有此能力，他們每個都獨當一面，創下不少豐功偉績；他們的名字全部都被刻進「英雄殿堂」、被寫進「英雄史」教科書；他們每到一個地方，都會受到最熱烈的歡迎和民眾發自內心的愛戴。

看着這些數據往績，賴夫連剎那的猶豫也沒有，便立刻決定要跟樂思簽訂「專屬英雄」合約——即使樂思本人其實並不願意。

「我欠的錢，由我來還，別驚動我父母可以嗎？對，我現在是學生沒法賺錢，但我答應將來工作後會一點一點把錢還給香城政府的，好嗎？」

起初樂思還想負隅頑抗一下，寄望自己可以不必在債務的「要脅」下被迫成為「英雄」；可是，她太小看眼前這個總是帶着溫潤笑容的男人了——人家在政壇打滾了近三十年可不是白過的。

只見賴夫露齒而笑：「賈樂思同學，根據香城法例，父母作為未成年孩子的法定代理人，對孩子的行為負有連帶責任。因此，若未成年人需要作出賠償而無能力賠償時，父母是有責任替孩子賠錢的。」

「可是我爸媽也沒這麼多錢啊！」

「放心，我們調查過你家的狀況，你現在所住的那個房子是你父母全權擁有的物業，賣掉的話大概可以償還四分一左右的債務……」

「不！不能賣房子！」樂思緊張地搖頭，「那是我從小和爸媽一起住的家，絕對不能賣！」

賴夫的笑容瞬間僵在臉上。

「家」……是的，對於一個小女孩來說，沒有什麼東西比與父母一起生活的「家」更重要了。

原來自己一直都懂，「家」對一個孩子來說有多重要，與父母一起生活的時光又有多珍貴，只是賴夫選擇了把自己的野心放在第一位。

就在這一瞬間，眼前樂思的身影，彷彿與記憶中的賴怡重疊了起來……

賴夫深深吸了一口氣，壓下了眼底的情緒，臉上重新掛上了一個和煦的笑容，悠然地拿起「專屬英雄」合約放到樂思面前：「那麼，你決定好了嗎？」

「你自己的命運，由你自己選擇。」

可惜，一切不似預期，即使洛絲在債務的壓迫下勉強答應當「專屬英雄」，但她最初數次出動的表現卻強差人意，還引起了負面的輿論。

普庭嘗試透過拍攝正向的影視作品來扭轉民眾對洛絲的負面評價，結果成功地平息了風波，卻引起了洛絲不滿，也導致她情緒更不穩定。

在打發普庭離開後，賴夫放下了手中開着「精神科．蔡司醫生」檔案的平板，視線投向放在辦公桌上的小金屬盒，陷入了沉思。

那天樂思如常下課，由於當時還未設有「普庭補習社」，所以如果沒有收到「出動」的指示，樂思基本上就是直接走路回家。

她邊走邊拿出智能手機瀏覽各種社交媒體，這時手機熒幕上忽然彈出一個神秘訊息：「前方街口轉左，找一輛黑色房車，車牌號碼是……」

看完訊息的樂思輕歎了一口氣，邁着沉重的步伐，依照指示找到了那輛黑車的房車。

樂思身體僵硬地一步一步走近車子，車窗適時地降下，賴夫那方正的臉瞬間映入她的眼簾：「洛絲，我想跟你談談，上車再說。」

「要談多久？今天的功課有點多，我怕寫不完，還要溫默書和小測……」

「明天老師就會很神奇地宣佈，因為某種不可抗力的原因，功課可延後一週再交，這星期的默書測驗全部取消。」賴夫露出一個溫潤的笑容：「上車吧。」

事已至此，樂思也不好推搪，於是匆匆走到車門旁，車門像是有感應般立即打開。在樂思綁好安全帶後，賴夫向前座司機微微頷首：「開車，去 SCA 總部。」

車子甫開動，樂思便按捺不住問：「找我找得這麼急，是發生了什麼事嗎？」

賴夫臉上罕有地閃過猶豫的神色，用不太自然的語氣說道：「沒什麼……就是想跟你聊一聊。」

樂思一臉不明所以的望向賴夫，眉頭皺起：「堂堂『香城特殊犯罪對策局』局長，勞師動眾來找我聊聊？聊什麼？」

「作為局長，關心一下『專屬英雄』的情況不是很應該的嗎？」賴夫一手打開車廂附設的小冰箱，從中拿出一小盒巧克力，他遞給樂思：「要吃嗎？」

樂思生悶氣一手推開：「別把我當小孩！」

賴夫自顧自的打開盒子拿出巧克力薄片放進口中：「可是你只有十四歲，真的就只是一個孩子啊！」

樂思故意裝出陰險的表情：「我只要動一個念頭就可以使你的頭顱爆炸，這樣你還會認為我是個孩子嗎？」

賴夫雙眼瞇成一條縫，用溫柔但危險的語氣道：「可是你知道，當你動手後，同一時間你會失去什麼，不是嗎？」

樂思語塞。

「看不清楚手上的籌碼便不理後果，胡亂作出沒有意義的要脅，為的只是不想被人喊一句『孩子』，你說，這不是『孩子氣』那是什麼？當英雄首先學會的，正是要懂得理性地權衡輕重，不能被情緒牽着鼻子走……」

賴夫一邊輕鬆地吃着巧克力薄片，一邊說出理性的結論。

樂思不耐煩地別過頭望向窗外打斷了賴夫的話：「所以你今天就是特意跑來教我如何當英雄的？那我還真是謝謝你啊！」

賴夫吃巧克力的動作一頓，他閉上眼睛深深吸了一口氣，睜眼說道：「不，今天我是為了跟你溝通交流的。我……我想了解你的感受。」

「我的感受？被趕鴨子上架當英雄的感受嗎？還是十四歲便欠下幾千萬債務的感受？」樂思不怒反笑，「由始至終，有誰覺得『我的感受』是重要的？現在才假惺惺地跑來關心『我的感受』？怎麼了，怕我反悔不當英雄？」

賴夫搖了搖頭：「不，我只是單純想了解你的感受，即使你罵我、罵特殊犯罪對策局也可以，我以局長的名義保證，無論你說什麼我都不追究。」

樂思一臉狐疑地盯着賴夫的側臉：「我憑什麼相信你不會秋後算帳？」

「我是很有誠意的。」

「如果想顯示誠意，那先把監視我父母和克特的兩隊特工撤掉。」

「那辦不到。」

「那有什麼誠意可言？」

「至少，我明明可以騙你，但我誠實地跟你說我辦不到。」

樂思沉默了半晌，終於再次開腔：「我討厭你們在電影裏把我塑造成一個正義英雄，我每次一聽到同學不斷討論我有什麼什麼行為不符合『正義』、批評我有這些那些做得不好沒資格當『英雄』、嘲諷洛絲只懂得建立『人設』而不懂得做實事時，我都會覺得壓力很大，非常不開心。」

賴夫點點頭：「我會吩咐普庭壓低電影的熱度，並立即修改拍攝中的電視劇劇本，使電視劇中的『洛絲』形象更貼近現實……還有別的嗎？」

樂思有點驚訝地看着賴夫，她完全沒想過他真的會因她的感受而願意作出改變。

「SCA 太遠了，讓我日常去接受訓練時花了很多時間，即使你們派專車來接送，來回也差不多要花個多小時，太累了。」

「我會在杏壇中學和你家之間找個地方建立一個隱蔽的聯絡站，以後日常聯絡和訓練就在聯絡站裏進行，讓你能節省交通時間——當然，在處理重要的事情或需要出動時，你還是得來 SCA 的。」

樂思點點頭，續道：「那麼，訓練的時間能不能減少一點呢？因為學校的功課和測驗比較多，我真的不夠時間做功課和溫習……」

賴夫沉吟了一下，一臉認真地望向樂思：「訓練的時間無法減少，但關於你提出的這個問題，我一定會想辦法解決的，我答應你。」

樂思看着賴夫認真誠懇的眼神，再次點了點頭，然後伸手拿起一片巧克力放進口中。

「天啊！這個好甜！你一個大男人怎麼會喜歡吃這種甜死人的巧克力？」

賴夫的視線投向手中的巧克力，嘴唇微動，欲語還休……最終他換回了那張有着和煦笑容的臉孔：「因為，人生就像一盒巧克力，你永遠也不會知道接下來將嚐到什麼啊！」

第四章
蔡司 CHOICE

在精神科醫生蔡司加入「英雄部」時，馬斯達對此是嗤之以鼻的。

賴夫跟洛絲溝通過後，拍板作了好幾個決定，當中包括建立隱藏聯絡站「普庭補習社」、聘請好幾位香城大學的老師直接幫洛絲補習課業，以及找了一位精神科醫生負責監察洛絲的精神狀態和進行定期的心理輔導，要在「工作」和「學業」之間取得平衡也很合理。

馬斯達對於首兩項決定毫無異議，畢竟洛絲還只是一個十四歲的學生；但對於最後一項，馬斯達卻完全不能理解。

作為英雄，擁有鋼鐵般的意志和堅毅不屈的精神是基本吧？

看精神科醫生？那是不是暗示英雄洛絲是個精神病患？

馬斯達第一次跟蔡司見面，是在賴夫的辦公室。

只見一個有着時尚而隨性的髮型、清秀五官、頎長身型的年輕男子穿着醫生的白大掛站在賴夫的辦公桌前；他雙手插袋，白晳的皮膚泛起一絲微紅，幼金絲橢圓框眼鏡後的眼睛閃着興奮的光芒：「啊！這不是前香城『專屬英雄』馬斯達嗎？我從小就對你的英勇事蹟耳熟能詳，心中對你嚮慕已久！這次很高興能夠有機會跟你共事……」

馬斯達無視了蔡司向他伸出的手，直接質問賴夫：「你真的要把這種看着就不靠譜的書呆子塞進團隊裏拖後腿嗎！」

蔡司順勢收回了手，微笑着介紹自己：「馬斯達上校，請放心，我並不是拖後腿的書呆子。本人在香城大學醫學院以一級榮譽畢業，並當選為『院長嘉許名單』之一；其後我在香城文化大學著名的臨牀心理學研究院考獲碩士學位；成為精神專科的醫生後，現已累積了超過五千小時的臨牀經驗……」

「精神科醫生就是騙子！」馬斯達別過頭瞪着蔡司，「你們所謂的『治療』，不就是開一堆吃完後會使人昏昏沉沉變成廢人的藥嗎？你敢說這些藥真的能治到『精神』嗎？你們見過神經線、腦細胞、血清素、多巴胺，但你們有見過任何一個人的『精神』嗎？」

面對着馬斯達連珠炮發的輸出，蔡司輕笑着聳了聳肩，深邃而漆黑的眸子彎成月牙：「馬斯達上校，你大概也沒見過『靈魂』對吧？但你能否定人有『靈魂』嗎？」

馬斯達面色一沉，指着蔡司高聲向賴夫喊道：「我反對這傢伙加入『英雄部』！」

此時一臉淡然的賴夫終於開腔：「蔡司醫生負責的是後勤，又不會上前線拖特警隊的後腿，我想不到任何反對他加入的理由。」

馬斯達有點激動地說：「洛絲可是我精心培訓出來的心血，英雄馬斯達的最優秀接班人！我可不允許這種半調子的傢伙跑去跟洛絲說一堆亂七八糟的東西，動搖她的意志、污染她的精神、破壞她的形象！」

「其實，每個人都會有負面情緒，這是正常不過的事。」蔡司嘗試解釋，「比起直接否定負面情緒，疏導和接納這些情緒會更健康，我的工作正是確保洛絲小姐的精神健康……」

「洛、絲、非、常、健、康！」馬斯達咬牙切齒一字一頓地說着，「她完全沒有任何負面情緒！明白了嗎？明白了就請你滾蛋吧！」

「馬斯達，夠了！」賴夫喝止紅了眼將近失控的馬斯達，「你是你，洛絲是洛絲，你沒有負面情緒不代表她沒有！安排蔡司跟進洛絲的精神狀況是我的決定，你無權反對！」

馬斯達滿臉陰沉的望向賴夫，看到他怎樣都不為所動後，只能狠狠地瞪了蔡司一眼，然後憤然地拂袖而去。

「抱歉，他這個人比較固執，加上英雄當久了，常常覺得自己的見解才是對的，現在幾乎聽不進其他不同的意見。」賴夫淡淡地解釋。

蔡司擺了擺手：「不要緊，馬斯達上校一直為保護香城盡心盡力，年紀大了脾氣暴躁一點也是正常的，瑕不掩瑜，他還是我小時候敬仰的那個英雄。」

「說起小時候……沒想到當初拿書給我簽名的中學男生，現在已經長得氣宇軒昂，成為了一個優秀的人才啊！」賴夫感慨萬分，「……我也老了。」

「賴夫局長別說笑了，五十多歲才是一個政治家生涯的巔峰啊！」蔡司笑着補了一句：「如果洛絲能順利接任『專屬英雄』，說不定下一任香城市長就是你呢？」

賴夫聞言，瞬即用銳利的眼神打量着眼前人：「對了，『蔡氏藥廠』的事情我聽說了，對於藥廠和令尊的事情，我深表遺憾。」

蔡司的父親為了趕上投資虛擬貨幣的潮流，不惜把手頭上百分之八十的藥廠股份抵押給銀行來融資；結果虛擬貨幣的泡沫爆破，蔡司父親血本無歸，「蔡氏藥廠」還被銀行完全接管；蔡司母親把家裏僅剩的財產全部捲走逃到外國，蔡司父親受不了這一連串的打擊，精神陷入錯亂，現在被送進香城精神病院接受治療。

「你是因為父親的事情才決定當精神科醫生的嗎？」

蔡司用力點了點頭：「對，因為我不希望發生在我和我父親身上的悲劇在其他人的身上重演。」

賴夫微微頷首：「很好，那洛絲便交給你了。」

洛絲第一次走進「心理輔導室」的時候，她本來已經做好心理準備即將會見到一個半禿肥胖中年大叔，沒想到卻看見一個大帥哥。

他穿着潔白的白大掛，脖子上掛着一個銀灰色碼錶，整個人顯得乾淨利落，有一種優雅的氣質；他那兩道臥蠶般的粗眉下，是一雙深邃而狹長的眼睛；他皮膚白皙，唇形略薄，嘴角像是帶着一縷淺淡的笑意。

「洛絲小姐，你好，我是蔡司醫生，以後負責你的心理輔導，請多多指教。」

蔡司的聲音給人一種清新爽朗的感覺，他的語速不疾不緩，能讓人的心情在不知不自覺間平靜下來。

然而洛絲的心跳卻陡然加速。

太……太帥了！這是哪套霸道總裁電視劇裏跑出來的男主角嗎？還是從哪個國家跑來的王子？抑或是準備出道的新人偶像？

「你的臉有點紅啊，是太熱了嗎？我去幫你倒杯水吧！」蔡司指着一張椅子示意洛絲坐下後，獨個兒走出了「心理輔導室」。

洛絲僵硬地把雙手放在膝蓋上坐着，一邊拼命地搖頭，一邊口中不斷念念有詞：「我不是那種膚淺的人，我不喜歡帥哥，我不是那種看顏值的人……」

直到蔡司拿着一瓶冰涼的水回來，洛絲才稍微回復正常。

「茶水間只有常溫水和熱水，我看你好像挺熱的，就到自動販賣機給你買了一瓶冰水，你不介意吧？」

洛絲搖搖頭，伸出雙手接過了冰涼的瓶裝水，然後抬眸望向蔡司：「謝謝你。」

「不客氣。」蔡司再次坐下，拿起黑色板夾和筆，向着洛絲微微一笑：「那我們現在開始輔導環節吧！」

也許是帥哥的原因，洛絲很快便對蔡司卸下了心房，毫無保留地向他說出所有心底話：傾訴當英雄的壓力、吐槽對父母的不滿、抱怨常常在網絡上受到 haters 的冷嘲熱諷，還有……她要把真正身分瞞着最要好的朋友——克特——的愧疚。

蔡司總是十分認真地傾聽洛絲的苦惱，從來不否定她那些負面的經歷和感受；他會協助洛絲梳理自己的情緒，跟她一同探討所面對的困境，更會教她用不一樣的角度看事物，讓她能好好調整自己的心態。

隨着洛絲的心態漸趨平和，加上在馬斯達的魔鬼訓練下，她的「念動力」運用得日益熟練，「英雄洛絲」的表現愈來愈好，她的民望也漸漸止跌回升。

看到「英雄洛絲」的表現和口碑俱佳，馬斯達也滿意了，就不再反對蔡司加入團隊。

就這樣，兩年過去了，洛絲從一個十四歲的普通女孩蛻變成一個亭亭玉立的十六歲少女，以「擁有最強念動力的超能力者」及「從不出席香城政府任何活動的叛逆少女」的形象，成為了香城有史以來民望最高的英雄。

什麼「洛絲 cosplay 服裝」啊、「洛絲手辦娃娃」啊、「洛絲一比一高度還原配飾」啊、「洛絲同款化妝品」啊，全部都賣個滿堂紅。

當然，在大受歡迎的同時，洛絲的 haters 數量亦水漲船高。網絡上甚至有「反對洛絲擔任香城專屬英雄聯盟」的社交羣組，一堆身分不明的人天天在網上謾罵侮辱洛絲——有說她這麼反叛根本沒資格當英雄的；有說她只是靠關係根本沒實力的；更甚者直接人身攻擊，說洛絲長期戴着面罩不脫下，肯定是個醜八怪等等……

蔡司曾經問洛絲，面對這些充滿惡意的謾罵，她會不會很難受？

洛絲側着頭想了想，搖搖頭：「我又不認識那些人，不去看那些惡意留言就好了，不算太難受。」

「那你當英雄這麼久，有哪些事情是讓你很難受的？」

洛絲垂下頭沉默半晌，抬起頭回答時眼眶已紅了一圈：「每次聽到我的父母說『所謂的超能力者就是怪物』、『洛絲根本不能算是人類』、『非我族類，其心必異』的時候，我都會有點難過……」

「我明白你的感受，還有別的嗎？」

「這兩年我跟克特的關係疏離了很多……畢竟我常常一下課就消失無蹤，他大概也覺得我變了吧？……」

「克特是你很重要的朋友吧？我懂你的難過……所以你後悔當英雄了嗎？」

「哪有什麼後悔不後悔的，欠下這麼多錢，我根本沒有選擇的餘地啊！」洛絲苦笑，「雖然有時候也會想，早知道事情會變得這麼複雜，當初就寧可被蟑螂爬滿身，也不覺醒超能力了……」

「所以如果你能重新選擇，你會辭職不再當英雄嗎？」

「這個……」

其實，這兩年來，洛絲不只一次想過：在債務完全清還後，她仍會繼續當英雄嗎？

可是洛絲很迷失，她自己也不知道答案。

另一邊廂，賴夫正為「頭腦人」的事煩惱不已。

這個「頭腦人」行蹤隱秘，神出鬼沒，好幾次SCA以為抓到他的尾巴了，卻又給他提前逃脱，彷彿內部有人事先泄漏了風聲似的……

難道……SCA有內鬼？

經歷過數次差一點被SCA抓獲的情況，「頭腦人」非但沒有收斂作風低調行事，反而大剌剌地放了一封信在SCA的門口給賴夫。

送信的人很快便被「特警組」抓到，但「情報科」的特工審了幾天後，發現他只單純是一個精神錯亂的流浪漢，根本問不出個所以然，也就放人了。

這封信現正在賴夫的黃梨花木辦公桌上攤開，信上的每一個字都是從報紙或雜誌上剪下來拼湊而成的：

給我洛絲，不然我來搶。

頭腦人敵

整封信就只有這麼一句話。

賴夫眉頭緊皺，額角上青筋暴現，一整個上午就靜靜地盯着那封信看，一言不發。

正當秘書考慮要不要幫賴夫在香城醫院訂個時間進行高血壓檢查及後續治療時，冷不防賴夫忽然開腔：「叫洛絲過來。」

秘書有點搞不清楚狀況：「啊？」

「嘭！」賴夫的手狠狠地拍在桌子上，「我説，叫洛絲過來，馬上過來！」

洛絲很快便來到賴夫的辦公室，由於未到放學時間，她還是裝病早退的。

「這麼急找我，有事嗎？」洛絲一臉懵懂地看着臉色陰沉得嚇人的賴夫。

賴夫把那封只有一句話的信遞給洛絲：「這是今早『頭腦人』放在SCA門口的信。」

洛絲接過信看了一眼，不禁啞然失笑。

「哈！來搶我？就憑他？」洛絲把信放回辦公桌上，嘴角一撇：「『頭腦人』有這個能耐嗎？」

賴夫的神情無比嚴肅：「要搶走你，『頭腦人』無需真正在物理層面上抓住你，他可以抓住你的弱點來逼使你就範。」

洛絲滿不在乎地聳了聳肩：「對啊，就像你當初抓住我的貧窮來逼我打工一樣？」

「這一點都不好笑。」賴夫的眉頭都快擰成「川」字型了，「雖然我對你有信心，如果只是錢財這種身外物，『頭腦人』絕對沒有辦法藉此控制你……但我怕的是他抓住你的軟肋，甚或抓住你的心，讓你自願跟他走。」

洛絲愕然地看着賴夫：「抓住我的心？──『心』？這種不科學也無法以數據表示的東西，真不像是會從風險管理專家賴夫局長口中說出來的話。」

「看不見的東西，並不代表它不存在。」

賴夫煩躁地在辦公室的落地窗前來回踱步。

「所有客觀上的風險，都可以計算、可以預防、可以控制；唯獨人心是最難測的，也是最難管理的部分——不幸地，從手頭上的資料看來，『頭腦人』是一個善於煽動人心的人——而且，他好像對你有種莫名的執著，假若他能獲得『洛絲』的力量，那後果將不堪設想！」

「是不是每個擅長風險管理的人都內置了一個叫『杞人憂天』的技能？」洛絲嘟着嘴：「好吧，我答應你，我絕對不會跟犯罪者合作，也不會做出任何危害香城的事情，這樣你放心了嗎？」

「不放心。」

洛絲攤手：「你愛信不信。」

兩人大眼瞪小眼了好一會，結果還是洛絲先打破沉默：「如果你沒有其他事情要說，那我先回家寫功課了。」

洛絲邊說邊走向辦公室的大門。

「洛絲！」賴夫驀地叫住了她。

洛絲回頭：「怎麼了？」

「你平常雖然一副吊兒郎當的樣子，又常常吵着要辭職不當英雄，但我相信你的本質，你是一個善良而富正義感的人。」賴夫臉上的表情前所未有地嚴肅而真切：「記着，無論發生什麼事，世上至少有一個人，會相信你至最後一刻。」

洛絲嘴角微微牽動，欲言又止了好一會兒後，淡淡地回應了一句：「婉拒情緒勒索，謝絕道德綁架。」

然後便頭也不回的離開了。

經歷了這兩年的磨練，洛絲對自己的能力有無比自信，無論「頭腦人」派出怎樣的怪物、壞蛋、異變人，她都能來兩個抓一雙，把他們通通送進「特殊犯罪監獄」裏去，處理得乾脆利落，不帶走一片雲彩。

但她卻怎麼都沒想到，原來「頭腦人」早已掌握了她的一舉一動，為她佈下了一個堪稱「天羅地網」的陷阱……

那一天，是杏壇中學的學校旅行日。

穿着便服的樂思坐在旅遊巴士的最後一排，坐在她身旁的正是優等生克特。

兩人並排坐着，嘗試找些輕鬆的話題交談，卻發現彼此除了談論小時候共同經歷的事情和進行學業討論外，幾乎再也沒有共同話題。

沒辦法，畢竟樂思過去兩年一直過着「雙面人」的生活，同儕之間有什麼新鮮玩意、最近興起什麼偶像團體、有什麼膾炙人口的電視劇等話題，樂思是完全一竅不通搭不上嘴的。

克特有點落寞地説：「有時候我會有一個錯覺，覺得你不像一個中學生，彷彿距離我們很遠似的……」

樂思連忙搖頭擺手：「怎麼可能呢？我只是一個普通的中學生啊！你看，我的成績不是十分普通嗎？連功課也得借你的來參考才能完成呀！」

克特聞言忍不住笑了：「你還説，上次我有一題做錯了，你竟然看也不看便全盤抄襲，害我被老師抓去問……」

至於老師問了克特什麼，樂思再也沒有機會得知了。

「砰！」

「吱嘎——」

隨着轟隆的撞擊聲和高亢的煞車聲，樂思和同班同學所乘坐的旅遊巴士被從後撞擊而來的重型貨車推向山邊，旅行巴士的車頭車尾都瞬即被擠壓得慘不成形……

「樂思，小心！」

當旅遊巴士的車尾因貨車的撞擊而擠壓成張開血盆大口的鐵皮怪物時，樂思還來不及反應——克特已眼明手快地推開了她。

然後，他用自己的肉身承受了鐵皮怪物的咬噬。

樂思跪坐在旅遊巴士的地板上，看着變形的鐵片緊緊夾住了克特；他曾經完好的身體如今浸泡在血泊中，四周充斥着濃煙與悲鳴。

窗外，壞蛋「空氣淨化人」正一邊發出癲狂的笑聲，一邊繼續製造更多車禍——他能在體內生成一種令車輛輪胎打滑的油劑，他把這種油劑肆意噴灑在高速公路上，結果釀成了二十六車連環相撞的嚴重車禍。

「汽車引擎的廢氣會做成空氣污染，加劇溫室效應！只要把世上的汽車都消滅了，那藍星的臭氧層便有救了，哈哈哈哈！」

樂思瞄了窗外那瘋狂的身影一眼，旋即重新望向身受重傷的克特。

「克特，撐住，我現在就來救你！」樂思意念一動，立刻「力大無窮」地掰開一片又一片的變形鐵片，「克特，你沒事吧？醒醒別睡！」

克特的嘴角都冒出血泡了，但他望向樂思的眼神還是充滿着關切和擔憂。

「樂思……我沒事……危險……你快跑……」

「不！我不會丟下你一個人！」

好不容易把鐵片全部掰開，樂思正欲救人，豈料她一碰克特的身子，濃烈的鐵銹氣味便立即在四周溢出。

那是血腥味，是生命逝去的氣味。

即使臉上被玻璃碎片割傷的傷口正血流如柱，但樂思絲毫感覺不到痛。她彷彿石化似的跪在原地，呆呆地喊着：「……克特？」

克特雙目緊閉，沒半點氣息。

「……克特？你醒醒，別嚇我好嗎？」

「克特？繼續陪我講話好嗎？來拍我的頭說我是笨蛋啊？來說個有關念書的冷笑話啊？……克特，你醒醒好嗎！」

無數的記憶碎片瞬間在樂思腦中一閃而過。

幼稚園高班時，兩人手牽着手一起在校舍排隊，還被老師阻止，說男生和女生之間不能牽手……

小學五年級時，克特莫名喜歡欺負樂思，常常出其不意地拍打她的後腦勺，讓樂思大哭了好幾次，結果他自己也記了一支大過……

臨近升中試時，他又突然關心起樂思的成績來，每天都抽時間教她最弱的數學科；當她因搞不懂艱深的數學題而意志消沉時，克特便會跟她說一個有關念書的冷笑話，助她提起精神……

這兩年來，只要樂思開口，每次克特都會不問情由的借功課、借筆記給她抄；而且樂思還知道，他的功課和筆記從不借給其他同學……

本來，樂思以為，她和克特的友誼應該還有後續的——兩人大概會一起努力考進香城大學；然後在大學內一起度過美好的四年；四年後大學畢業兩人又會一起找工作，以後繼續互相扶持……

不，這個友誼小故事在此刻，在這兒，戛然而止。

大概，再也沒有以後。

理性認清這個事實的瞬間，樂思的胸口變得好痛，腦袋裏轟然作響，亂成一鍋漿糊，眼睛熱熱的、鼻子酸酸的，從身體的深處傳來一股說不出的撕裂感，彷彿靈魂被撕掉了一半似的。

「啊啊啊啊啊啊啊!!!」

無盡的痛從樂思體內深處爭先恐後地迸發，逼至她的每一個毛孔噴薄欲出，瞬間爆發的力量把她的四肢與身體扯向半空，在她還未意識到自己身上的異變時，她已經在半空中懸浮着，睥睨着在公路上瞠目結舌的「空氣淨化人」。

「空氣淨化人」看着眼前火紅的身影，慌亂地問：「你、你是誰？」

一頭火紅的長髮、一雙緋紅的赤瞳，加上她雙手不斷閃爍着殷紅色的光，怎麼看這都是一個絕對恐怖的存在啊！

此刻，洛絲發現自己的神智前所未有地澄明，力量不斷從體內湧出，霎時間她的意識裏竟能感覺得到高速公路上所有東西——無論是生物還是死物——的位置和狀態，於是她立刻用意念感應那二十六架相撞車子的位置，然後紅光一閃，那二十六輛車子恍如被無形的手扭動般分開，車內的傷者都被送到馬路上平躺着。

「不可能！」「空氣淨化人」仰望着半空中的洛絲發出恐懼的悲鳴：「『頭腦人』跟我說，洛絲的念動力應該沒辦法控制自己眼睛看不到的事物啊！」

洛絲冷冷地望向他，意念一動，把「空氣淨化人」揪往半空，因憤怒而充血的緋紅眼睛死盯着他，咬牙切齒地吼道：「你剛剛提及了『頭腦人』？告訴我他在哪！不然……」

「洛絲！住手！」

洛絲回首，發現普庭正帶着一小隊 SCA 特警向着自己的方向奔來。

自從收到「頭腦人」那封充滿挑釁意味的信件後，賴夫便把「洛絲」的安全級別提升至最高，由普庭和馬斯達輪流帶領 SCA 特警小隊暗中保護她。

普庭曾經在紀錄上看過「洛絲」第一次覺醒時那暴走狀態的描述，但真正面對暴走的洛絲還是第一次；只見洛絲頭髮雙目都化為赤紅，全身纏繞着危險的氣息，相距幾十米亦能感受到她身上釋放出來的威壓——看紙本紀錄和照片跟親身面對的感受完全不一樣啊！

「普庭少尉，你別過來！」洛絲用念動力把「空氣淨化人」的脖子掐得更緊，「快告訴我『頭腦人』在哪！」

頸部被壓迫的「空氣淨化人」不斷用手抓喉嚨，嘴巴張開吐出舌頭，眼珠的白色部分滲出血色小紅點，眼看快要不行了。

不少旁觀的市民看見他的慘狀，都忍不住發出了尖叫聲。

普庭連忙高聲大喊：「就算他是十惡不赦的罪犯，也有接受審判的權利！你不能濫用私刑傷害他，洛絲，快住手！」

洛絲回首，赤紅的雙眸冰冷地看着普庭：「那被他傷害的人呢？他又有什麼權利傷害無辜的人？」

在這危急關頭，普庭竟然分了神，腦海中驀地憶起十多年前那隻無辜的貓咪，還有那個把全部同學暴打一頓的自己。

暴力只會帶來更多的暴力，以及無法彌補的傷害和仇恨。

「即便如此，也不可以濫用私刑……因為，英雄的工作是保護弱者，不是懲罰犯罪者！」

普庭想走近一點繼續遊説洛絲，卻被她的念動力固定在原地無法向前邁進一步；即使普庭手上正拿着電擊槍，她卻無法舉槍射向洛絲。

這時普庭眼角餘光瞥見躺在山邊的克特。

「洛絲，放開我！克特或許還有救！」

洛絲聽到「克特」的名字後，臉上表情明顯出現了動搖，眼中的紅光也暗淡了不少，一瞬間她彷彿回復了理智：「克特！他還好嗎？」

她把「空氣淨化人」隨手摔到一邊，然後馬上飛到克特身邊，跟普庭一起查看克特的傷勢。

「醫護兵！過來這邊！」普庭往後揮手向 SCA 特警小組示意。

兩個戴着黑色頭盔、肩膀上別着紅色十字標誌的特警醫護兵隨即上前對克特進行檢查。

「腦挫裂傷、腹部穿刺傷、四肢骨折，仍有微弱心跳！分類：紅色！」其中一名醫護兵解釋道：「這傷者必須在十五分鐘內送往醫院！」

「可是剛剛的車禍把整條主幹道都堵塞了，現在車子開不出去！」另一名醫護兵補充。

「先在這兒進行急救！能做多少算多少，盡可能爭取時間！」普庭下達命令。

兩名醫護兵交換了一個眼神，立刻行動起來。

一片片潔白的紗布迅即變得鮮紅。

「出血真的太嚴重了，血止不住的話，傷者大概……」

「我來止血！」

這時洛絲已經回復神智，念動力的使用方法就像與生俱來似的了然於胸。只見一股耀眼的緋紅色光芒從她身上蜂湧而出，瞬間包裹着受傷的克特；緋紅色的光芒像是有生命似的纏繞着克特身上的傷口——血，竟真的漸漸止住了。

洛絲整個人冒着如火般的紅光，她把所有的意念都集中在克特身上，剎那間她眼前的世界陡地變成了所有東西都化為一個個光點的「分子世界」——洛絲能感覺到，正常人體內的光點都是井然有序的，而受傷的人體內光點都是紊亂的，受的傷愈重，光點便愈混亂！

於是，洛絲透過念動力操縱克特體內的「光點」，一點一點的把他破碎了的骨頭重新修補；把他斷裂的血管筋骨重新駁上；把他受傷的皮肉透過分子重組來填補傷口……

洛絲全神貫注、專心一意地操作着念動力，逐漸把克特全部的創傷都修復完畢。

包圍兩人的紅光倏然消失，洛絲直接攤倒在地上，滿頭大汗地喘息着。

醫護兵走到克特身邊檢查了一番，只見他的臉色已經變得沒那麼蒼白，雖然呼吸仍微弱，但已趨穩定。醫護兵立刻向洛絲和普庭豎起大拇指示意：「他沒事，已成功脫離生命危險了。」

洛絲雙眼瞬即噙滿了淚水：「太、太好了！」

這時一個中年大媽不知從哪裏亂竄出來，她不顧阻攔直接衝到洛絲身旁，緊緊地抓住她的肩膀前後晃動，用帶着哭腔的聲音尖叫道：「你是洛絲對吧？我的兒子受傷了，你快去救救他！」

洛絲向中年大媽指着的方向看了一眼，只見一個年輕男子正躺在地上大聲呻吟着，他身上的「光點」告訴洛絲，這個年輕男子傷勢並不嚴重。

「他只是受了輕傷，沒生命危險，放心吧。」洛絲面對幾乎聲淚俱下的中年婦女，她柔聲地安慰。

「不！他傷得很重！你聽聽他喊得多慘啊！快用你剛剛那個噴紅光的能力救我兒子！」

洛絲方才救克特時已把精神透支殆盡，此刻她眼冒金星、喉頭一陣甜腥，整個人虛弱得要命，實在對大媽的要求愛莫能助。

「抱歉，我現在精神狀態不太好……」

「藉口！」大媽用力地推了洛絲一把，直接把她推倒在地上，「你就是瞧不起人！不想浪費超能力在我們這種普通市民身上，對不？」

SCA的特警趕緊上前拉開大媽，大媽一邊被拖走一邊尖聲嚷叫着：「垃圾洛絲！只會為特權階級服務，懶理小市民死活，算什麼英雄！你根本沒資格當英雄！要是我兒子有個三長兩短，我這輩子都不會放過你！」

洛絲坐直了身子，剛想說些什麼解釋，冷不防「空氣淨化人」趁着眾人被中年大媽的大吵大鬧分散了注意力的時候，遽然掙脫SCA特警的壓制，然後衝向洛絲：「破壞我計劃的臭英雄！讓空氣持續被污染的元兇！就讓我用性命來淨化你吧！」

「空氣淨化人」把胸前的衣領一撕，露出了綁在胸膛上的炸彈，怒吼着向洛絲撲過來。

出乎意料的襲擊使洛絲大吃一驚，她下意識地伸出右手，使用僅存的力量把「空氣淨化人」扯上半空，豈料頃刻間，他就在半空「轟」地爆炸，化成了一團耀眼的火球。

「殺、殺人啦！」

洛絲回首，發現中年大媽早已嚇得連滾帶爬地瑟縮在SCA特警身後，臉上滿滿的都是迷惘和恐懼。

周遭的市民逐漸加入聲討洛絲的大軍。

「洛絲殺人了！我親眼看見的！快抓她啊！」

「洛絲用念動力把那個壞蛋炸成碎片了！不信來看，我有拍下影片！」

「我也有拍影片！還發送了給全部親朋好友，讓他們提防洛絲！」

「明明對方毫無還擊之力，洛絲還是把他殺了！這樣的人還能算是英雄嗎？」

「別說英雄了，這根本連當人的資格也沒有了吧！」

「洛絲……根本是怪物！」

洛絲茫然地環顧四周，她不懂為何市民忽然對她有這麼強的敵意。

霎時間，她「哇」的一聲，吐了一地的鮮血。

「洛絲！」普庭及時趨前扶着她發軟的身子。

一直暗中觀察着一切的「頭腦人」看到事情發展至此，嘴角忍不住勾起一抹壓都壓不下的笑意。

人類常常歌頌一些他們看不見的東西，例如希望、信任，和愛。

但他們卻從沒有思考過，這些看不見的東西到底有多脆弱。

就像現在，「頭腦人」只不過略施小計，香城市民對「英雄洛絲」的信任便徹底粉碎，從世上消失無蹤。

「頭腦人」在 SCA 總部內看着洛絲被帶上特警專用車的畫面，幾乎控制不住自己興奮的表情，現在距離計劃完成只差最後一步——

該是時候，去搶洛絲了。

載着洛絲的特警專用車高速駛進了「香城特殊犯罪對策局」的總部，洛絲疲憊地靠在茶色的單面玻璃旁，眼神渙散地看着車外。

「局長……」

特警專用車在總部入口停下，此時「香城特殊犯罪對策局」局長賴夫一臉平靜地上車，並吩咐駕車的特警：「把車子直接駛進『特殊審訊室』。」

駕車的特警應答了一聲，立刻踏下油門，把偌大的黑色裝甲車駛進能直達「特殊審訊室」的專用升降機。

洛絲一臉迷惑地望向賴夫：「『特殊審訊室』？要審訊誰？」

「你犯了一個無可挽回的錯誤。」賴夫的臉色非常難看，連聲線都比平常低沉了幾分：「我記得『專屬英雄』合約中有條款列明，你不能意圖或實際上向非指定人士以外的任何人透露自己的身分，違者……視作『毀約』處理。」

洛思嘴巴一扁，有點委屈。

「這次是我在學校旅行途中突然受到襲擊，我是出於自衛才……」

「出於自衛才失控？」賴夫幫洛絲接上了最後兩個字，「還是出於自衛把犯人炸成火球？」

洛絲聞言，眼神陡地一變，她緊張地解釋：「我沒有把他炸成火球！是『空氣淨化人』在自己身上綁了炸彈！普庭少尉應該也看到了，她可以做證！」

「普庭嘛……」賴夫意味深長地頓了一頓，「她剛才傳送回總部的隨身攝錄影片中並沒有記錄到『空氣淨化人』爆炸前後的片段。」

「什麼？」洛絲眼睛睜得老大，「不可能！你再問問她好嗎？我真的沒有把『空氣淨化人』炸了！」

「現在已經不是普庭一個人作證就能解決問題的局面了。」

賴夫續道：「有超過一百名香城居民表示親眼看到你『虐殺』『空氣淨化人』；數十條多角度拍攝的人體爆炸短片在網路上瘋傳；各種網紅和意見領袖紛紛拍片譴責『英雄洛絲』情緒失控動用私刑，更帶頭質疑香城政府包庇洛絲掩蓋其罪行；民意大幅傾向要洛絲接受審判血債血償……」

洛絲感覺到全身流竄着的血液倏地升溫。

「審判？血償血償？我？」洛絲不可置信地指着自己的鼻子，瞳孔邊緣又開始泛紅：「我過着筋疲力盡牛馬不如的日子，保護了這羣人兩年！現在他們要我血債血償？」

賴夫驀地感覺到一股強大的壓力從頭頂向下壓，耳畔傳來金屬劇烈磨擦的尖銳刺耳響聲。

「洛絲，冷靜點，如果升降機因此失靈下墜而導致我死亡，恐怕你還得背負上『謀殺局長』的罪名。」

洛絲望着賴夫，瞳孔已呈現淡淡的緋紅：「連你也不相信我嗎？」

賴夫跟洛絲對望，默默地把手中的巧克力遞向她；洛絲看了盒子一眼，盒中的巧克力片全都瞬間炸開成了巧克力粉末。

「你啊，這脾氣要改，至少得收斂一下，不然審訊時很吃虧。」賴夫從西裝外套的另一個口袋裏掏出手帕擦了擦手，再包着變形的巧克力盒子放回口袋中，平靜地說：「我說過，我相信你本質就是一個善良而富正義感的人，我並不打算收回這句話。」

只見洛絲的眼睛慢慢變回了黑色，升降機外所有的金屬磨擦聲、吱呀聲倏地消失無蹤。

在升降機終於抵達「特殊審判室」那一層時，賴夫打開車門下了車。

「我會盡我所能幫助你的，你要撐住，別崩潰、別屈服、別放棄。」

賴夫說完，又斬釘截鐵地補了一句：「記着，世上至少有我，相信你！」

或許是賴夫最後的那句話讓洛絲有一種安心的感覺，又或許是使用念動力消耗了她太多精神，所以被關進「特殊審判室」的洛絲索性坐在椅子上閉目養神起來。

「特殊審訊室」其實就是一個加裝了極厚裝甲的密室，房間內只有一道進出的門、一張長方形的強化鋼桌子和兩張同材質的椅子，沒有窗、沒有其他家具、沒有任何聲音。

就像一個囚禁野獸的金屬籠子。

洛絲閉目養神沒多久，「特殊審訊室」的大門忽然打開，洛絲不用張開眼睛也能感應到對方在她面前坐下，她繼續一聲不吭。

對方落座後，一道清新爽朗的聲音響起：「洛絲，我是來跟你做一下心理評估的，你準備好了嗎？」

洛絲聞言猛地睜開眼睛一看，發現蔡司醫生正笑咪咪地看着她。

蔡司還是拿着黑色板夾和筆，跟以往不同的是，這次他按動了脖子上一直掛着的銀灰色碼錶，碼錶瞬即發出有規律的「滴答滴答」聲。

「在進行評估前，我有一段影片要先給你看看的。」蔡司掏出了一個智能平板放到鋼桌上，點開了一段影片，在洛絲面前按下了播放鍵。

影片拍攝於洛絲吐血昏倒後，內容很簡單——在洛絲昏倒後，一個綠金色的身影高速穿梭於眾多傷者之間，隨着一道又一道的綠光閃過，受傷的市民紛紛如沒事般站起，驚歎的聲音此起彼落：

「是馬斯達！」

「馬斯達來救我們了！」

「我的傷全好了，馬斯達，謝謝你！」

「馬斯達才是真正的英雄！」

「對啊！英雄馬斯達！英雄馬斯達！英雄馬斯達！……」

隨着洛絲的臉色愈來愈難看，蔡司一雙狹長的眼睛笑成彎彎的月牙。

在「香城特殊犯罪對策局」內，賴夫也面對着前所未有的壓力。

他正與一眾香城最高權位的官員進行連線視像會議。

香城市長安佖淳是一個年約六十的女強人，雷厲風行的行事作風在還未當上市長時便已聞名遐邇。賴夫很了解她的野心，她打算在任內解決香城的「特殊犯罪」問題來當作政績，好讓自己的仕途能更上一層樓。

擋在她仕途的人，無論是誰，她都會毫不留情地剷除——即使那個人是守護了無數香城居民的超級英雄，抑或，僅僅是一個十六歲的小姑娘。

「賴局長，你真的令我非常失望。」

「安市長，情況並沒有你想像中那麼惡劣。」

「沒那麼惡劣？」安市長冷笑了幾聲，「當初我便認為一個擁有強大超能力的十四歲女孩應該要接受嚴密的看管與監視，並要為她進行嚴正的思想教育；那時賴局長你極力反對，還說你會做好防範措施——結果呢？她在眾目睽睽之下因情緒失控而虐殺犯人，並拒絕治療受傷的市民！現在全香城的輿論都在抨擊香城政府包庇洛絲，你是不是該為這件事負上全責？」

賴夫用力地點了一下頭，語氣堅定地說：「關於洛絲這件事，我會肩負起全部的責任，所以，請交給我全權負責處理。」

安市長用力拍了一下桌子：「怎麼可能還交給你負責！」

這時「香城保安局」局長羅奥說話了：「我早就說過，找兩隊特工全天候監視洛絲的身邊人這個辦法行不通，而且人事成本太高。當初賴局長你就應該採納我的建議，把她的父母和那個男生通通軟禁在一個她找不到的地方，這樣才能確保她不會失控、不會有二心！」

賴夫冷冷地回應道：「當初我也解釋清楚了，經過精密的風險評估後，我認為這樣做的後果會非常嚴重。」

「會比現在嚴重嗎？」安市長又拍桌子。

賴夫堅定地點頭：「會。現在我們所面對的只不過是輿論帶來的壓力；但如果我們直接威脅洛絲，那我們大概將會面對一個失控的最強超能力者！」

羅奧插嘴：「我不認為那個十六歲的小姑娘配得上『最強』這個名號！像馬斯達的近身格鬥就比洛絲強多了吧！賴局長，你會不會把洛絲吹捧得太過了？」

賴夫反問：「恕我單刀直入——羅局長在作出此結論前，請問你看過多少篇有關『英雄研究』的學術論文？參與過多少小時有關『英雄管理』的研究進修？近距離接觸過多少名英雄？——還是你覺得光是看《香城日報》的報道，就等於了解一個英雄？」

羅奧被賴夫一番搶白氣得七竅生煙。

這時「香城政務局」局長狄斯信開腔：「賴局長，經過這件事後，你的政治前途大抵已經提早結束了，可是其他人的前途還在。這次我們全部人基本上都是被你拖下水的，所以你說話時是不是應該要更多的考慮一下其他人的立場和感受嗎？要不，你把所有責任全攬上身，然後公開道歉並引咎辭職，好讓大家都能安然從事件中抽身，好嗎？」

賴夫聞言愣住了。

啊？政治前途提早結束？

在處理洛絲這事時，賴夫壓根兒想都沒想過「政治前途」這四個字。

他竭盡全力幫洛絲，只因為他深信洛絲是無辜的。

原來是這樣啊……

在想通這一點的同時，賴夫一直緊繃着的肩膀也就放鬆下來了——面對着一眾香城最高權位的官員，再也沒有政治前途的「香城特殊犯罪對策局」局長賴夫笑如朗月：「婉拒情緒勒索，謝絕道德綁架！」

安市長被賴夫的態度氣瘋了：「賴夫，我認為你現在已經失卻理智變得有所偏頗！你的精神情況明顯已不再適合擔任『香城特殊犯罪對策局』的局長！我宣佈由此刻開始，你暫停手頭上一切職務，直接放假至另行通知為止！暫時由『保安局』局長羅奧兼任『香城特殊犯罪對策局』的局長一職！」

「好的，安市長，我會盡快處理好這事情，不會讓你失望的。」羅奧語氣中掩不住得意之色：「事實上，我已經準備好新的合約，打算邀請英雄馬斯達重新擔任香城的『專屬英雄』；馬斯達本人也表示很樂意跟我們香城政府簽約，並承諾簽約後，他將會竭盡所能緝拿『頭腦人』等犯罪分子歸案。」

「很好。」安市長滿意地點了點頭。

「至於涉嫌謀殺又有失控風險的洛絲，我認為應該要把她獨立監禁在『特殊犯罪監獄』裏，並接受嚴正的思想教育，直到確定她不再對社會構成危險為止。」

「我反對！」賴夫的語氣少見地激動：「這樣做只會適得其反把洛絲推向邪惡一方！」

「就算我們不推，她現在也已經是邪惡一方的人了，賴夫。」羅奧冷笑着說。

賴夫怒了：「此刻事情還沒查清楚呢！你別含血噴人！」

這時狄斯信淡淡地插了句話：「現在就算把事情查清楚也是徒勞，因為民意早就把洛絲判處極刑了。」

「正因為這樣，香城政府更應該不偏不倚地調查事件，還所有人一個公道。」賴夫直視着熒幕中的安俬淳，一字一頓地說：「民意，是會改變的。」

狄斯信微微搖了搖頭：「人類從歷史學到的唯一教訓，就是人類沒有從歷史汲取任何教訓。」

「沒錯，我們就是沒從『逼上梁山』的故事中汲取教訓，對不？」賴夫怒極反笑，「如果我們此刻選擇不相信洛絲，一意孤行地把她逼進絕境，相信等待着我們的便會是新的教訓！」

賴夫掃視了全部官員一眼：「屆時該由誰負上責任？」

全場沉默。

良久，安市長終於開腔：「先把洛絲關在『特殊審訊室』接受調查吧！現在正值民意的風口浪尖，羅奧你要盡快跟馬斯達簽下『專屬英雄』合約，明白了嗎？」

「我明白了。」

「好，今日會議就到此為止吧！」

熒幕一黑，會議結束。

賴夫吁了一口氣，攤坐在座位上。

洛絲，我盡力了，你要撐住，別放棄……

我相信你。

賴夫拿起桌上的小金屬盒子，一口氣把全部巧克力薄片倒進口中。

播完馬斯達的影片後，蔡司還接連播放了好幾段市民的訪問及網紅評論洛絲的短片，還故意讓洛絲看到網上討論區和社交媒體的留言，一邊操縱着平板一邊觀察洛絲的表情。

直到洛絲看完「英雄馬斯達的華麗轉身！以四十歲之齡重新擔任香城英雄！」的新聞報道後，蔡司才滿意地收起智能平板，坐在椅子上好整以暇地轉着手中的筆。

「好了，洛絲小姐，現在請你回答第一道問題……你恨香城的人嗎？會不會想向他們報復？」

洛絲深深吸了一口氣，腦海中閃過賴夫最後說的那兩句話：

我會盡我所能幫助你的，你要撐住，別崩潰、別屈服、別放棄。

記着，世上至少有我，相信你！

於是她抬眼望向蔡司，一臉不解：「恨？為什麼要恨？」

蔡司臉上的笑容瞬間凍結。

「你這麼努力拚死拚活的保護了這羣人兩年，但他們紛紛在現實中、在網絡上罵你啊！你難道不生氣嗎？不憎恨他們嗎？」

洛絲聳了聳肩：「當然生氣，可是我又不認識這些人，他們硬要罵我，我也沒辦法啊！」

蔡司眼睛睜得老大：「難道你就沒有想過運用念動力去震懾香城市民，讓他們不敢再罵你嗎？」

洛絲側着頭想了想，然後搖搖頭：「即使市民會因為害怕念動力而不再在網絡上罵我，但他們心裏還是可以暗地裏罵我啊！那又有什麼用？倒不如我自己直接不看社交媒體和網上討論區不就可以了嗎？」

「啪嗒」一聲，蔡司把手中轉着的筆用力拍在鋼桌面上。

「那你不恨香城政府嗎？你辛辛苦苦當了兩年的『專屬英雄』，香城政府二話不說便過河拆橋，放棄了你而選擇跟馬斯達重新簽約！你就不恨嗎？」

「有什麼好恨的？終於能夠離職了，我高興還來不及呢——對了，那我的欠債是不是可以一筆勾銷了？」

面對着一派樂天知命模樣的洛絲，蔡司承認他低估了她的心理承受能力。

既然旁敲側擊沒用，那就來個直球對決吧！

蔡司仰首深深吸了一口氣，然後全身開始泛起淡淡的淺銀色光芒。

這次換洛絲瞪大了眼睛：「蔡醫生，你……？」

「洛絲小姐，請先聽我說個故事。」蔡司語帶平靜的微笑道。

銀灰色的碼錶，繼續發出規律的「滴答滴答」聲。

蔡司生於醫藥世家，祖業「蔡氏藥廠」在香城屹立了超過五十年；他的父親曹康澧從父輩手中接過「蔡氏藥廠」後，便一直擔任行政總裁。

由於蔡氏家族很多子弟都成為了醫生，其中不少是名聞遐邇的名醫；因此當父輩決定把「蔡氏藥廠」交給考不上醫科的蔡康澧時，家族當中不乏反對的聲音。

當時父輩如是說：「做生意需要的是膽識，而不是知識。你們或許在醫藥方面的知識比較豐富，但說到做生意的膽色，你們比康澧差得遠了。」

父輩沒看錯人，蔡康澧果真是一個雷厲風行、心狠手辣的營運者。他當上行政總裁後，不斷惡意併購一些規模較小的藥物研究所和生物科技製藥公司，使「蔡氏藥廠」的規模擴展至前所未有的巔峰。

同時，由於蔡康澧心高氣傲、說一不二的性格，讓他獲得了「暴君」的外號。

這個「暴君」，正是蔡司的親生父親。

從小蔡司便明白，所謂「選擇」、所謂「自由意志」，只是披着羊皮的謊言。

「蔡司，這兒有兩個筆袋，一個米色、一個深藍，你喜歡哪個？」

小小的蔡司開心地指着米色的筆袋：「爸爸，我喜歡這個！」

蔡康澧眉頭一皺：「難道你就沒想過，米色不耐髒嗎？」

蔡司聞言立刻縮了縮肩膀：「那個……我覺得深藍色那個比較好看，我喜歡深藍色的。」

蔡康澧滿意地點點頭，付錢了。

給你兩個選擇後，卻不斷用言語批評你的選擇、打擊你的自由意志，目的，是要你「心甘情願」地去「選擇」他真正想你選擇的。

「蔡司，你想上杏壇中學還是博文中學？」

蔡司低首回應道：「爸爸你決定吧！兩間都是好學校，我都很喜歡。」

蔡康澧瞬間暴怒：「我叫你選你就選！男孩子就應該當機立斷！別像個娘娘腔似的！」

「那……杏壇中學是傳統名校……」還在念小學六年級的蔡司，一邊喃喃自語一邊觀察着父親的表情，「可是，博文中學是著名的貴族學校，比較……適合我們蔡家？」

蔡康漕睥睨着蔡司：「選好了？」

蔡司猶豫着，眼睛沒有放過父親臉上任何一絲的微表情：「呃……對，我選好……了？」

蔡康漕點點頭，正當蔡司以為自己成功熬過這一關時，冷不防蔡康漕忽然狠狠地朝蔡司摑了一個耳光！

「我就討厭你這種唯唯諾諾的樣子！怎麼我就生了你這種不中用的東西？我告訴你，是你選的博文中學，老子看在你也是姓蔡的份上，才幫你交那貴得要命的學費！所以你給我好好念書，念不好的話，就把這些年老子砸在你身上的錢都通通還來！明白沒有？」

蔡司被打得懵了，坐在地上抬頭看着自己的父親；他不會告訴父親，他的耳朵正因為父親那巴掌的緣故，出現瘋狂耳鳴，壓根兒聽不清楚他在說什麼；但不要緊，他早已練就嫻熟的演技，即使聽不清楚父親所說的話，他也可以裝出一個會讓父親滿意的反應。

蔡司垂下眸子，表現出一副恭順的模樣：「爸爸，我明白了。」

明明就是強逼別人去作出自己想要的選擇，偏偏又裝出一副「我只能支持你的選擇」

的樣子，把「選擇」的責任和後果全都推卸給別人，自己的責任倒是撇除得一乾二淨……

蔡司，恨啊。

恨自己為什麼不能快點長大成人；恨自己沒有錢不能獨立生活；恨父親的霸道和愚昧，把自己硬生生逼成了一個畏首畏尾的人！

蔡司起初以為痛苦的源頭，是因為自己必須依賴父親的金錢才能生存，所以他不得不依從父親，像扯線傀儡一樣生活。

只要有錢就能獲得自由了……

於是升上中學的蔡司開始拚命鑽研投資理財與風險管理，還要瞞着父親，偷偷以母親名義開了一個股票戶口，存了一半積蓄進去實踐所學牛刀小試。

就在股票戶口裏的金額翻了一倍後，蔡司的母親意外地發現了這個戶口，她竟然二話不說的把戶口內所有股票賣掉，並把全部錢拿走。

拿去買了一個限量版的名牌包。

東窗事發後，蔡司有問過母親為何要這樣做。

母親理直氣壯地回答：「我是你媽，你賺了錢，用來孝敬母親不是應該的嗎？」

絕望，心灰意冷，萬念俱灰。

翌日蔡司猶如行屍走肉般上學，冷不防遇上一個鄰班的女同學向他表白。

女同學把蔡司約到校園一角，鼓起勇氣說：「蔡司同學……我喜歡你！」

蔡司的眼神和語氣皆毫無波瀾：「你不是第一個這樣跟我說的女生。」

「可是，我跟其他人不一樣！我比她們更愛你，真的！」女同學急得漲紅了臉地解釋，「我願意為你做任何事，只要你說一句我都會為你去辦的！」

蔡司像是觸電般，猛然望向女同學，眉頭一皺：「真的？」

女同學連連點頭：「真的！」

「那你證明給我看吧！」蔡司一手搭在女同學的肩頭上，另一手指向操場上的另一女生，「看到那個在打羽毛球的女生嗎？她是我班的班長。如果你能把她弄到退學，我就答應跟你交往。」

「為……為什麼？她得罪了你嗎？」

「原因不重要，重要的是你會怎樣選擇？」蔡司在女同學的髮鬢旁耳語：「如果你把這事辦了，我就當你的男朋友；如果你不辦，那以後就別再出現在我面前，二選一，很簡單的選擇，不是嗎？」

蔡司自己也沒察覺到的是，當他在女生髮鬢旁耳語時，一股淡銀色的光芒從他身上溢出，無聲無息地鑽進女生的耳朵裏……

一個月後，女班長退學轉校。

蔡司沒有深究女同學到底做了什麼，他也不關心——畢竟，這是女同學自己的「選擇」。

但他的目的達到了——礙事的人走了，蔡司當上了班長。

他甚至連一根指頭都不用動。

原來，這就是借「選擇」之名控制「自由意志」的快感嗎？

怪不得父親總是對自己行使這種權力，這感覺實在是太棒了啊！

蔡司心中一時過於激動，結果身上又開始泛起了淡淡的銀光。

他看着鏡中那個冒着氤氳銀霧的身影，一雙狹長的眼睛笑成彎彎的月牙。

據統計，絕大部分的英雄都會在青少年時期覺醒超能力——其實，惡人覺醒超能力的年紀也是差不多，只是他們很少會公開宣佈自己已經和一般人與別不同罷了。

蔡司把他的超能力命名為「選擇」。

後來的故事很簡單，蔡司運用了他的能力讓蔡康澧作了好幾個錯誤的商業決定；又在蔡康澧急於填補財務虧損時乘虛而入，誘導他「選擇」把手頭上百分之八十的藥廠股份抵押給銀行融資來投資虛擬貨幣；結果虛擬貨幣泡沫爆破，蔡司母親毫不猶豫「選擇」了把家裏僅剩的財產全部捲走逃到外國；由於之前蔡康澧的「暴君」行徑已經把全部親族都得罪光了，所以親戚們都「選擇」了視而不見、袖手旁觀。

堂堂蔡家，結果就只剩下祖業敗盡、家財散盡的蔡康澧和剛從香城大學醫學院畢業的蔡司。

這時，蔡司給予了父親唯一也是最後一次的「選擇」機會——

他可以依附蔡司生存，蔡司會向他提供豐裕的物質生活，但代價是他必須對蔡司言聽計從；又或者，他可以保留自由意志與做人的尊嚴，代價是蔡司會找間九流養老院把他丟進去自生自滅。

蔡康漕也是個硬骨頭，他選擇了第三條路——直接瘋掉，住進了精神病院。

復仇心得不到滿足的蔡司成為了精神科醫生，一方面是為了監視蔡康漕的情況，另一方面是他能透過職業尋找和接觸那些心中有破洞的病人。

後來蔡司發現自己的能力進化了，那些心中有破洞的人在他的能力誘導下，甚至會出現異變，例如因相貌醜陋而從小被女生厭惡的人，異變成人見人憎的「蟑螂人」；從小喜愛栽花種草卻被父母否定愛好、批評他不務正業的人，異變成想把全部人類都變樹的「綠化人」；家住偏遠地區，上學上班都常因堵車而遲到受罰的人，異變成想毀掉全部汽車的「空氣淨化人」……

「洛絲小姐，我正是你們一直在尋找的『頭腦人』，吾名為蔡司。」蔡司嘴角帶笑，右手橫在胸前，微微欠身。

其實，在蔡司的故事說到一半的時候，洛絲便猜到他是「頭腦人」。所以在聽完蔡司的故事後，她沒有露出意外的表情，反而好奇地問：「為什麼要把你的真正身分和能力告訴我？」

蔡司開懷地笑着：「因為你跟我很相像。」

「相像？」

「對啊，你不是常跟我抱怨，賴夫局長給你的兩個選擇都是假的，其實你根本沒有選擇？你又不是跟我說過你的父母其實不理解你？」

「……那又怎樣？難道你認為我會因此而成為你的手下，成為一個肆意傷害他人的犯罪者？」

「不，我想你繼續擔任香城的『專屬英雄』。」

「什麼？」

「人啊，必須先有恐懼，才會去崇拜那些幫他們消除恐懼的東西——所以怕窮的人會去拜『財神』；怕病怕死的人會對『健康專家』的話深信不疑，瘋狂砸錢去買毫無根據的『保健食品』；而怕被傷害的弱者，則會崇拜無條件保護他們的英雄，不是嗎？」

淡銀色的光芒在蔡司的食指尖纏繞了幾圈後，開始不着痕跡地往洛絲方向移動：「你跟我合作，我繼續以『頭腦人』的身分製造怪物引起公眾恐慌，你繼續以『英雄洛絲』的身分保護市民享受榮譽和敬仰，我們一明一暗，裏應外合成為支配香城的 King 與 Queen，豈不快哉？」

銀絲悄然無聲地來到洛絲的耳邊，這時蔡司的笑容更燦爛了，他再次拿起智能平板按了幾下，然後把畫面轉給洛絲細看。

那是一個買賣股票的畫面，顯示的是某瓶裝水公司的股價。

蔡司指着熒幕自豪地說：「早在『綠化人』行動前，我就已經趁低大量吸納了瓶裝水公司的股票；『蟑螂人』那次我則事先購入了清潔公司和滅蟲公司的股票；至於這次的

『空氣淨化人』……你有沒有發現會拋錨的，全部都是由燃油軀動的車？因為，我買的是電動車的股票喔！」

洛絲頓時恍然大悟：「所以……其實你是利用那些異變人幫你執行犯罪計劃，好讓你能夠賺錢自肥？」

銀光已經鑽入了洛絲的耳朵。

蔡司激動地站起來，半俯着身體直視洛絲的眼睛：「這是一個講求實力的世界，弱者注定被強者利用，就算強大如你——擁有念動力的『英雄洛絲』，不也成了香城政府用完即棄的棋子？來跟我合作吧！你的能力，配上我的頭腦，我們將會君臨香城之巔，成為無敵的存在！」

洛絲忽然覺得，眼前人跟賴夫很相像。

講求理性效率、把一切都計算得清清楚楚、總是有着全盤計劃去達成目的。

但他又跟賴夫完全不像，他缺少了某種賴夫擁有的，非常重要的東西。

「即使此刻我答應了你，難道你就會相信我是真心成為你的的夥伴嗎？」

「真心？」蔡司失笑，「我當然不會相信這種看不見摸不着、虛無縹緲的東西——我只相信我自己！」

語畢，蔡司整個人瞬間冒出耀眼的銀光，洛絲耳畔的銀絲遽變為網，把她的整個頭顱緊緊箍住！

「洛絲，作出『選擇』吧！」

世界頃刻變得無比安靜，只剩下銀灰色碼錶的「滴答滴答」聲……

第五章
馬斯達 MASTER

電視上正直播着「香城保安局」兼「香城特殊犯罪對策局」局長羅奧的記者招待會。

「羅局長，聽說香城政府已經撤銷了洛絲的『英雄資格』，請問此事屬實嗎？」

羅奧一臉意氣風發：「對！」

「所以洛絲現在正被扣押嗎？」

「是的，她曾經是香城維持治安不可或缺的一分子，可惜誤入歧途，現在已淪為犯罪者！」

「可是，『虐殺犯人』事件還未經過正式的審判和定罪吧？香城政府現在未審先判對洛絲是否公平？」

冷不防一個尖鋭的問題突襲而至，殺了羅奧一個措手不及，臉上的笑容瞬即消融不見。

「你是哪間傳媒的？」

「我是《香城日報》的記者，請局長回答問題！」

「……香城市民的安危才是我們首要考慮的事情。下一道問題！」

「那洛絲對香城的貢獻呢？難道就不用考慮……」

《香城日報》的記者還未説完，他的話就被另一個記者打斷了。

「羅局長，我是《鑽石日報》的記者！請問局長，現在香城政府打算怎樣處理最近由『頭腦人』引起的社會混亂？」

羅奧臉上掩不住得意之色：「我已經成功邀請馬斯達先生回歸擔任香城的『專屬英雄』，相信緝拿『頭腦人』等犯罪分子歸案指日可待！」

記者會直播完結後，電視台還貼心地派出記者訪問了很多香城居民對洛絲的看法。

「那個洛絲啊，是一個品德有問題的人啦！」

一個年邁的老婆婆對着鏡頭帶着復仇的快意數落着。

「那一天我買菜買多了點，有點拖不動那個載菜的小車，恰巧遇上那個洛絲經過，你看，年紀這麼大的老人家遇到困難，就算我沒作聲，正常人看到了也會來幫忙吧？偏偏我直接喊她了，她還是把頭一扭不顧而去，丟下我這個老人家，你說，這是不是沒有尊老敬賢的心？這是不是品德有問題？……」

記者嘗試持平地反問：「或許當時她正要出動去制止罪案，所以才抽不出時間來幫你？」

「我不管！幫老人家要花多少時間？她就是不願意幫……」

其後換了另一個中年婦女憤憤不平地在鏡頭前控訴着。

「之前那個洛絲在半空中把一堆蟑螂炸開了，弄得整個社區都沾滿了又臭又黏的液體，她竟然不處理就跑了！雖然後來政府有派人來清理，但等到清理完畢都是一星期後的事了！這一星期生活不便跟精神損失的費用，洛絲可是一分錢都沒賠償過給我們！」

記者又反問：「根據紀錄，當時有接近一百萬隻活生生的蟑螂在社區內飛舞，如果不當場擊殺，你覺得有什麼其他更好的處理方法嗎？」

「我怎麼知道？我又不是英雄！這些不應該是由英雄負責去想辦法的嗎？」

畫面一轉，熒幕上出現了大批記者堵塞在樂思家門前的鏡頭畫面。

「請問你們對於女兒賈樂思的真正身分是『英雄洛絲』有什麼看法？」

「請問你們對『英雄洛絲』涉嫌殺害『空氣淨化人』有什麼看法？」

「『英雄洛絲』在高速公路上能力失控又拒絕治療受傷市民，請問你們對受害人有什麼想說的？」

樂思的父母在家門前被記者包圍，樂思的母親被嚇壞了，只能手足無措地躲在樂思父親身後啜泣。

至於樂思父親則皺着眉頭，一臉嚴肅地望向鏡頭：「思思是一個好孩子，她才不會做出這麼離譜的事，我相信她必定是被陷害了！」

這時母親把頭從父親背後伸出來，嗚咽着說：「思思你看到電視嗎？別當什麼英雄了，快點回家吧！媽媽今晚做你最愛吃的菜……」

賴夫關上了電視，撥通了一個電話：「一切按計劃進行，對了，儘快找人到洛絲父母那邊處理一下，別節外生枝。」

掛上電話，賴夫再次確認所有私人物品都執拾妥當後，把載着東西的紙皮箱交給了跟隨他已久的女秘書：「我知道私人物品要經過檢查才能拿走，檢查完畢後，麻煩你幫忙把東西直接寄往我家，可以嗎？」

秘書接過紙皮箱，點了點頭。

賴夫露出一個意味深長的微笑：「一切就拜托你了。」

「放心交給我吧，賴局長。」

賴夫擺了擺手：「我不再是局長了。」

甫出「局長室」，賴夫便看到普庭站在不遠處盯着門口，像是在等他。

「賴局長，我送你。」

賴夫徑直往升降機方向走去，普庭快步跟上。

「賴局長，如今你仍然認為洛絲是值得你去賭的『原石』嗎？」

賴夫聳了聳肩：「值得也好，不值得也罷，我已經選擇把注碼全押上她了，現在只待剖石的結果。」

「……你很大機會會輸得一敗塗地。」

「那也是願賭服輸。」

「為什麼？」普庭納悶地看着賴夫，「你本已是平步青雲的高官，為什麼還要冒着這麼高的風險，拿自己的政治前途去賭在一個十六歲的女生身上？」

賴夫微笑：「那是因為，我有想要得到的東西，必須透過這樣的豪賭才有機會獲得啊！」

「想要的東西？你在香城已經是一人之下、萬人之上了，你還想要什麼？」

賴夫從西裝口袋裏掏出眼熟的小金屬盒，打開盒子拿了一片巧克力放進口中：「我想要的是，我曾經不懂珍惜的東西……這一次，我想把它連本帶利的贏回來！」

普庭側着頭一臉不解：「你就對洛絲這麼有信心？」

賴夫露出了溫潤的笑容：「所謂英雄，正是為人們帶來『希望』的存在，不是嗎？」

普庭內心瞬間掠過了一陣難以言喻的觸動。

冷不防賴夫突然問：「普庭，你相信洛絲嗎？」

普庭毫不猶豫地點了點頭。

「很好。」賴夫嘴角帶笑，「那你聽好了……」

升降機來到一樓，賴夫與普庭兩人並肩步出穿過SCA的大堂，往大門方向走去。

「……就是這樣，洛絲便拜託你了。普庭，守護她，讓她成為帶來『希望』的英雄吧！」

正當普庭打算回應的時候，冷不防一把冷淡而傲慢的聲音加入了討論：「這點恕我不能認同，前局長先生。英雄應該是帶來『震懾』和『恐懼』的存在，你說對吧，普庭少尉？」

穿着綠金色戰鬥服的馬斯達臉上掛着嘲諷的神情朝着兩人走來，在他的胸膛幾乎要貼上賴夫的胸口時，他愉悦地挖苦着賴夫：「看來鼎鼎大名的風險管理專家的眼光也不怎麼樣嘛？怎麼了？有沒有後悔選了那個靠不住的小女孩而放棄了我這個可靠的老員工？」

「要不，你現在向我道歉，我還能跟羅奧説説情，在 SCA 給你一個閒職待到退休喔？」

賴夫瞪了馬斯達一眼，冷冷地説：「不必了，科學上從來沒有一個英雄的超能力可以保留至四十歲之後的；你這樣老而彌堅，我反而怕當中藏着什麼隱情，就不摻和了。」

「你！……你就是死鴨子嘴硬！沒關係，反正你的政治生涯已經到此為止了，我的英雄生活才準備開始呢！這一兩句話的事，我不計較，你這個閒人快點離開 SCA 吧！」

賴夫也不多言，給了普庭一個信任的眼神後便轉身離開了。

待賴夫的身影從視線中消失，馬斯達立刻緊張地問普庭：「剛才你跟賴夫談了什麼？」

普庭聳聳肩：「就是普通的告別，沒什麼特別的。」

馬斯達壓低了聲音：「你沒把影片的事情告訴他吧？」

普庭搖頭。

「那就好，反正如今影片的內容已經修改了，只要你不說，就沒有人會知道……」

普庭仔細打量着眼前這個四十歲的男人，明明是她十多歲開始就敬仰的偶像，卻在剎那間變得非常陌生。

事情要由「空氣淨化人」自爆後說起。

當時洛絲感受到四方八面傳來的敵意，竟然吐血昏了過去，普庭連忙趨前扶着洛絲發軟的身體；她張口還來不及呼喚醫護兵，一個綠色的身影便高速來到她面前。

普庭不可置信地看着眼前人，那熟悉的綠金色戰鬥服、那熟悉的濃眉大眼、那熟悉的肌肉！

「你怎麼……」

「這點以後再解釋，現在可不能讓洛絲倒下，她還得幫忙背黑鍋呢！」馬斯達把右手放到洛絲手背上，綠光一閃，洛絲的表面傷痕全部消失，連面色也紅潤了不少。

「背……黑鍋？」

馬斯達把食指放在唇上：「先別問……醫護兵！快把洛絲送到特警專用車上！」

兩名醫護兵領命，分別一左一右攙扶着洛絲離開。

而馬斯達則乘着普庭不注意的時候，把她身上的攝像鏡頭拿了下來——是的，每一個SCA特警的制服都配備了一個攝像鏡頭，把他們出任務的過程原原本本地攝錄下來。

「咔嚓」一聲，小小的攝像鏡頭被馬斯達丟到地上踏得粉碎。

「普庭，剛剛你沒有看到『空氣淨化人』身上綁着炸彈，明白了嗎？」

「為、為什麼？我明明看到……」

馬斯達咬着牙低吼：「你、沒、有、看、到！攝像鏡頭也沒拍到！『空氣淨化人』因不明原因炸成火球了，或許是洛絲一時錯手殺了他，明白了沒！」

普庭恍然大悟，原來是要洛絲背這個黑鍋嗎？但……這是不對的啊！

於是她搖了搖頭：「沒用的，攝像鏡頭的畫面是同步上載到總部伺服器的。」

馬斯達咧嘴而笑：「沒關係，總部那邊自然有人會處理。」

普庭心頭掠過一瞬間的遲疑，但畢竟眼前的是她敬仰和崇拜了十多年的英雄，出於對馬斯達的信任，她答應了隱瞞真相。

後來發生了一連串的事，使普庭終於明白，這一切都與正義無關、與保護市民無關，這全是政治鬥爭，而自己不過是其中一隻棋子。

儘管馬斯達再三保證只要普庭站在他這邊守口如瓶，那他便會讓普庭繼續擔任「英雄部」部長，讓她一圓和「英雄馬斯達」一起工作的夢——但如今普庭只覺得痛心。

是的，曾經的英雄，竟然為了私慾，篡改證據誣陷一個無辜的孩子，真令人痛心。

「對你來說，當英雄，真的那麼重要嗎？」

在一起回「英雄部」辦公室途中，普庭終究還是忍不住問馬斯達這個問題。

馬斯達停下了腳步，一臉認真地望向普庭，正色地說：「對我來說，當英雄就是一切。」

只有極少數人知道，馬斯達並非香城土生土長的居民；惟馬斯達總是絕口不提自己的出身，而有關他生平的檔案更被列為SCA的「最高機密」，除了市長和局長外，沒多少人有權限閱讀；即使偶有好事者想調查也無從入手，因為他甚至摒棄了自己的真名，連「馬斯達」也是他給自己改的名字……

為了當上一個完美無瑕的英雄，馬斯達捨棄了一切，包括從前那個還沒覺醒超能力的自己和那些他不願再想起的回憶。

唯獨「英雄」，是他生命的全部。

這也是他決定跟蔡司合作的原因。

「嗨，馬斯達上校，有空聊聊嗎？」

那天馬斯達剛在咖啡販賣機買了一杯熱咖啡，還未來得及喝一口，就遇上笑容可掬的蔡司跟他打招呼。

馬斯達喝了一口咖啡，苦得皺起眉頭：「我跟你沒什麼可聊的。」然後轉身就要離開。

「等一下，馬上校，難道你不想再當英雄嗎？」

馬斯達腳步一頓，沉默了半晌。

「我已經四十歲了……我的英雄時代已成過去，現在的英雄，叫洛絲。」

蔡司繞到馬斯達面前，左手悄悄按下掛在胸口的銀灰色碼錶，然後舉起纏繞着銀色光芒的右手，笑意盈盈地問：「如果我有辦法重新激活你的超能力呢？」

馬斯達的瞳孔迅速擴大。

但他馬上警覺起來，以迅雷不及掩耳的速度抽出腰間的配槍指着眼前人：「你到底是什麼人？」

「一個能給你重新『選擇』一次的人。」蔡司輕輕摩挲着手中的銀光，語氣漸漸變得輕柔：「你想想看，明明『洛絲』就是你訓練出來的學生，無論是經驗、格鬥技術，還是當『英雄』的堅定意志上都遠遠不及你，可是她現在卻成為了香城史上最受歡迎的英雄。你說，這合理嗎？」

馬斯達沒有搭話，但舉槍的手已出現微不可見的顫抖。

「而且她的精神太脆弱了，明明擁有這麼強大的力量，卻總是對當『英雄』這回事抱有疑問——哪像你，對自己的能力和使命深信不疑，香城真正需要的英雄，是你這種擁有堅定不移信念的人才對啊……」

蔡司邊說邊緩緩走近馬斯達，手中的銀色絲線悄然無聲地慢慢纏上馬斯達的耳朵。

「你……真的能夠讓我重新擁有超能力？」

「當然。」

馬斯達眼神一凝：「天下沒有免費的午餐，告訴我，重新激活超能力的代價是什麼？而你又想在我身上得到什麼？」

蔡司微微一笑：「我想支配香城。」

「什麼？」

「你跟我合作，我以『頭腦人』的身分不斷製造怪物引起公眾恐慌，你以『英雄馬斯達』的身分保護市民享受榮譽和敬仰，我們一明一暗，裏應外合成為支配香城的Double King，不是很好嗎？」

「你、你就是『頭腦人』？」馬斯達剛垂下的槍口再度提起。

「對，我就是『頭腦人』。」蔡司攤開雙手示意自己沒有惡意，「我自報身分，為的，正是展示想和你合作的誠意。」

馬斯達激動地說：「我是英雄！才不會跟犯罪者合作！」

「對，你是英雄，不過是一個已經過氣了的英雄。」蔡司把手放在馬斯達的額上，銀光乍現包裹着他整個頭顱，「作出你的『選擇』吧！你是要像個英雄般消逝被世人所遺忘，還是要成為一個被眾人仰慕的反派？」

馬斯達舉着槍的手，無力地垂下。

嫉妒與不甘，吞噬了一個英雄的心。

回到現在。

普庭盯看着擺出一副理所當然模樣的馬斯達，眼神裏湧現出複雜而矛盾的情緒。

她垂下眸子，平靜地問：「……對了，你還記得咪咪嗎？」

馬斯達側着頭想了想：「咪咪？……那是誰啊？」

「是我第一次遇到你時，你出手救了的那隻貓。當時牠懷孕了，你救下了貓媽媽，卻救不了牠肚子裏的孩子。」

「……啊！我想起來了！後來我好像還找人把牠送到 SCA 附屬的動物訓練所來着？怎麼了，突然提起一隻十多年前的貓？」

普庭停下了腳步，問：「你知道牠最後怎麼了嗎？」

馬斯達也停下了腳步，看着普庭，下意識地橫走兩步拉開了跟她的距離：「不知道，動物訓練所的工作人員大概會把牠照顧得不錯吧？」

普庭淡然地說：「我入職後特意去查過動物訓練所的紀錄，咪咪在入住訓練所兩個月後，便因嚴重營養不良引發多重器官衰竭而身亡了。」

馬斯達眼睛睜得老大，不可置信地說：「嚴重營養不良？不可能！難道是訓練所裏的工作人員……」

「不，工作人員沒有虐待牠，相反，他們還十分用心的照顧咪咪，是咪咪一心絕食求死。」

「貓？會懂得絕食求死？你的想像力也太豐富了吧？」

「為什麼不呢？」普庭抬頭望向馬斯達，「畢竟，你只治好了牠身體上的傷，但卻治不好牠失去孩子的哀痛啊！」

馬斯達不自覺地擺出準備攻擊的架式：「普庭，你到底想說什麼？」

普庭也迅速地掏出腰間配槍瞄準馬斯達：「我想說的是，就算一個英雄能抓盡天下壞蛋，但對於受害者來說，他曾經受到的傷害卻是永遠也無法彌補的！」

「所以，我們不需要一個能夠在黑夜中震懾壞人的英雄！我們需要的是一個能在黑暗中為弱者點亮一盞燈的英雄！」

「普庭！」

馬斯達低吼一聲，啟動了英雄服的加速裝置，旋踵閃身至普庭背後，一手抓住她的後頸，綠光乍現！

第六章
克特 HEART

在「空氣淨化人」事件中大難不死的克特，和其他傷者一起被送進了香城醫院。

由於克特身上的傷早已被洛絲的念動力修復完畢，醫生檢查一番後也找不到什麼能治療的地方，只好安排他留院觀察幾天。

克特在病房內待着也是無聊，於是拿着平板電腦到醫院內的花園閒逛。

香城醫院是全香城佔地最廣、設施最好、收費最貴的醫院，但醫院為了承擔社會責任而向香城政府作出了一個承諾——那就是所有因「特殊犯罪」而受傷的市民都能在香城醫院接受免費治療。

畢竟，「特殊犯罪」的受害人所遭遇的情況大多都很危急，如果可以在擁有完善設施的香城醫院接受治療，便能夠大大提升受害者的存活率和治癒率，也能減低公營醫療的負擔。

橙黃色的陽光斜斜地灑在滿樹紫藍的藍花楹上，把整個花園染成一片青紫，清幽的花香瀰漫四周。在婆娑的樹影下，穿着藍色格子病人服，臉色略微蒼白的克特正坐在花園的石椅上。

他的膝蓋上放着一部銀白色的智能平板，畫面裏正播放着香城的新聞報道；克特入神地盯着熒幕，眉頭擰成一團，完全沒有察覺到在他身後不遠處，兩個身穿黑色制服的SCA特警正在監視他。

由於這次洛絲在處理「空氣淨化人」事件時沒有戴面罩，而且目擊者眾多，當中還有不少人拍了影片上載至網絡，所以「英雄洛絲」的身分很快便被神通廣大的網民人肉搜索出來。

「英雄洛絲」的真正身分竟是「杏壇中學五年級生賈樂思」？——克特一開始覺得這簡直是匪夷所思。

但隨着曝光的證據愈來愈多，事實擺在眼前，不由得他不相信。

克特突然想起，最近有一次下課後他跟樂思一起回家，途中他們抄近路穿過一個公園，遇到了兩個正在哭泣的小孩。

樂思當下立刻掏出紙巾遞給了他們，然後溫柔地問：「怎麼了？」

「姊姊，嗚……我們的羽毛球卡在樹上了，你能幫我們拿回來嗎？」

「姊姊，求求你幫幫我們，這個球是爸爸剛買的，如果拿不回來，回家鐵定要捱罵，嗚嗚……」

兩個六七歲的小孩一邊嗚咽，一邊指着上方的木棉樹；樂思抬頭瞥見一個雪白的羽毛球正穩穩地卡在樹枝上，巍然不動。

如果不爬上樹，那不是一個普通人觸手可及的高度。

但如果運用念動力——樂思不經意地瞄了克特一眼——不是不行，可是得想個辦法不着痕跡地使用……

「那棵樹太高了，姊姊沒辦法把羽毛球拿下來喔……」樂思拿起小孩的羽毛球拍往上揮了幾下，示意自己無能為力。

兩個小孩同時露出了失望的神情。

「……不過可是呢，那顆球好像不是卡得那麼緊，如果你們去搖一下樹幹，說不定它就會掉下來呢！」

其中一個小孩略帶委屈地說道：「可是，我們剛剛已經搖過了，它根本動也不動！」

「上一次失敗了，不代表下一次也會失敗啊！」樂思摸了摸兩個孩子的頭，「只要懷着希望一直嘗試，總有一次會成功的！」

兩個小孩半信半疑的再走到木棉樹旁，伸出他們幼小的手按在樹幹上，然後拼盡吃奶的力氣搖樹！

這時克特插話了：「你叫兩個六七歲的小孩把樹上的羽毛球搖下來，不是給他們假希望嗎？方才我看到那邊有園丁在修草，要不我過去借點工具……」

「不用。」樂思微笑着阻止了他，「或許這次他們真的會成功呢？」

「怎麼可能……」

話音未落，只見一陣怪風吹過，木棉樹被吹得全身晃了晃，卡在樹上的羽毛球也應聲掉下。

「嘩！成功了！」

「對呀！我們成功了！」

兩個小孩子歡天喜地的拾回羽毛球，然後跑到四周沒有樹的地方繼續打球去。

剩下站在木棉樹下，驚詫不已的克特與嫣然一笑的樂思。

「克特，看，是木棉絮！」

只見雪白輕盈的木棉絮隨風在半空中漫舞，順時逆轉，逆時順轉，猶像一場在五月飄揚的雪；最終漫天的木棉絮從兩人身上輕拂而過，輕柔地降落在地上，靜靜地等待下一陣的風。

樂思抬頭看了看樹，有點感慨地說：「真不明白，明明是柔弱得無法控制自身命運，只能隨風飄散的東西，為何本體卻有一個雄赳赳的名字，叫『英雄樹』呢？」

克特立刻展現其「學霸」本色：「小學上課時老師有教過啊——『因其樹姿巍峨，樹幹筆直，枝條層次分明，且花葉不相見，有如英雄般高風亮節、光明磊落，故木棉又名英雄樹』。」

樂思像是有點落寞地反問：「難道英雄就非得高風亮節、光明磊落嗎？英雄也是人，也會有自私的時候，也會有心情不好的時候啊！」

克特聳了聳肩：「英雄當然可以自私啊！」

樂思詫異地望向克特：「你說什麼？」

克特雙手交疊在胸前，解釋道：「難道英雄就得無私奉獻給全世界嗎？不對吧！就像我成績好，大家便默認可以問我借功課和筆記來抄，這合理嗎？結果那些人被我拒絕後又紛紛指責我自私——按照這標準的話，我就是自私！自私有什麼問題？學霸就得理所當然地把功課筆記借給人抄嗎？」

「可是……你會借功課和筆記給我抄啊？」

本來侃侃而談的克特突然哽住了。

他別過頭避開了樂思的視線，結結巴巴地說：「嗯……借給你沒問題……因為你是特別的……」

清風徐來，木棉絮又散了一地，兩人一動不動地站在樹下，沉默無聲蔓延。

良久，樂思先回過神來，從書包裏翻找了好一會，然後從中掏出了一朵小白花遞給克特。

克特一臉迷惑地接過小白花，這朵花有點特別，乍看之下是一朵由五六片白色花瓣組成星形狀的花；但細心一看卻發現花中央那黃色的頭狀花序才是「花」的本體，本以為是「白色花瓣」的東西其實是長滿了白色絨毛的葉子。

「這是我前幾天不小心摘下來的花，不知為何在沒水沒養分的情況下卻一直都不凋零，也不枯萎。」樂思當然不會老實地說出這是從「綠化人」頭上摘下來的，「我查過這花的品種，好像叫『雪絨花』，象徵着『純潔』與『堅強』，它的花語是……」

「轟！」

冷不防花園的角落傳來一聲巨響打斷了克特的回憶；同一時間，空中傳來直升機螺旋槳轉動的「噠噠噠噠」聲。

在克特還未反應過來的時候，兩名 SCA 特警已迅速趕到他的身邊，手中拿着黑色的半自動步槍，做出了準備隨時射擊的姿勢。

一架黑色的直升機在花園中央的平地勉強降落，螺旋槳捲起的氣流霎時把花園裏的植物摧折了一大片；賴夫從直升機裏探出頭來，向克特打了個手勢，示意他快上機。

另一邊廂，花園的角落裏出現了一個綠色身影，巨響正是因為他撞破醫院牆壁衝出花園做成的。

克特定睛一看，登時嚇得魂不附體。

那個綠色身影長着一張跟馬斯達一模一樣的臉，但也僅此而已，覆蓋在他身上的綠色並不是英雄服，而是一片又一片金邊青色的蛇鱗！

不僅如此，他的眼睛也變得細長，紅眼豎瞳，猶如蛇眼，全身上下都散發着危險的氣息！

兩名盡忠職守的 SCA 特警毫不猶豫地扣下了半自動步槍的板機。

異變了的馬斯達身子一矮，整個人如蛇一樣在地上高速滑動，轉瞬間便滑到兩名 SCA 特警身後。

克特還沒看清楚發生什麼事，兩名 SCA 特警已如斷線木偶般頹然倒下。

「快跑！」這是克特腦海中唯一響起的聲音。

克特丟下平板，毫不猶豫冒着氣流往直升機方向跑去。

賴夫也沒閒着，他吩咐身邊的 SCA 特警用電擊槍掩護克特；趁着馬斯達被電擊槍稍微拖住了腳步的空隙，克特終於喘着粗氣連滾帶爬地登上了直升機。

「起飛！」賴夫命令道。

這時馬斯達高速襲至，伸手抓向直升機的起落架！

僅差五公分，馬斯達的手抓了個空；他只能眼睜睜看着直升機迅速爬升至雲層的高度，隱沒了形蹤。

同一時間，洛絲正身穿英雄服、頭上戴着面罩，坐在普庭駕駛的黑色吉普車裏，述説着她和蔡司之間發生的事情——

被蔡司的銀光包圍後，洛絲有一瞬間失去了意識，腦海裏只有「滴答滴答」的聲音迴盪着……

在失去意識的混沌虛空中，洛絲感到自己彷彿正懸浮在半空。她無助地嘗試揮動手腳，卻軟綿綿的搆不着力氣。

她睜大眼睛四周張望，極力尋找任何能讓她抓住或立足的點，可觸目所及卻只有一片無垠的漆黑，她瞬即陷入了恐慌的狀態中。

「你這孩子！念書不好運動平庸長得又不怎麼樣，也都算了，本來我也只望你平平凡凡的活着別給我惹事，怎麼你就連這最基本的事情都辦不到呢？你說，你有什麼事是能辦好的？」

黑暗中傳來洛絲母親連珠炮發的數落，雖然意識到這大概是蔡司製造出來的幻象，但洛絲還是忍不住掩着雙耳吶喊：「假的！我父母才不會這樣說話！都是假的！」

「什麼？又搞砸了？作為一個英雄卻連最基本的控制能力也辦不到，你說你有什麼用？我真是白教你了……」

這次是馬斯達的批評，每一個字都刺進了洛絲的心，她不住搖頭：「全是假的！我不聽我不聽我不聽！」

「那個洛絲啊，是一個品德有問題的人啦！」

「這一星期生活不便跟精神損失的費用，洛絲可是一分錢都沒賠償過給我們！」

「我們遭受這麼多損失都是洛絲害的！英雄不是應該保護市民財產的嗎？」

「那個洛絲把事情弄得一團糟，她到底哪裏像英雄啊？我看她根本就是怪物！」

這些是洛絲努力保護的香城市民，他們對她的埋怨責罵。

「洛絲，你聽到了嗎？這個社會的人都是愚昧自私的，他們眼光狹隘、思想淺薄，沒有能力給予你正確的評價；但我不一樣，我了解你，懂得你的價值……」

蔡司的話語猶如魔鬼的邀請函，深深地動搖了洛絲的心。

「所以，捨棄那些不明白你的人們吧！加入我的團隊，我們將會是戰無不勝的合作夥伴！世上再也沒有什麼力量能阻擋我們！」

洛絲感到很迷失。

念動力，這天賦之才，從來就沒有帶給她一絲的幸福。

成為「洛絲」後，她得加倍努力在家庭中偽裝自己不能露出馬腳；又必須欺騙自己最好的朋友克特；還常常半夜出門上班，下班後即使睡眼惺忪仍然要寫報告；薪水少、事務多、不能辭職，還得蒙受香城居民的不理解和投訴！

那倒不如把心一横……？

正當洛絲陷入迷惘、思緒糾結的時候，一把低沉磁性的聲音在她腦海中響起：

「記着，世上至少有我，相信你！」

這是賴夫跟洛絲説過的，最不理性的一句話。

明明，他就是一個超級理性的風險管理專家。

「英雄的工作是保護弱者！」

普庭對「英雄」和「守護」的執念，其實已在不知不覺間影響了洛絲，使她不再視「英雄」為一份工作，更多的是一種「使命」。

「上一次失敗了，不代表下一次也會失敗啊！只要懷着希望一直嘗試，總有一次會成功的！」

「嘩！成功了！」

「對呀！我們成功了！」

那些曾經受過洛絲幫忙的人，那一雙雙閃着希望光輝的眼睛、那一張張豁然開朗的笑臉、那一聲聲發自內心由衷的道謝……

洛絲突然心念澄明，彷彿在無垠的黑暗中看到一絲微光。

陡地，一股無形的力量把她往下拉扯，她急速的下墜着，離心力使她的心跳得飛快，有如破胸而出般的瘋狂躍動。

「啊！」

洛絲猛地睜開了眼睛，劇烈地喘息着，彷彿剛從遇溺的水中重獲空氣。

「……咳咳咳咳！」

她好不容易終於喘過氣來後，發現蔡司正倒在「特殊審訊室」的一角，昏迷不醒。

「我是……怎麼了？」

洛絲大惑不解地看着昏迷的蔡司，她不知道的是，在她被銀光裹住後不久，她體內驀地爆發出一股紅光，不但把入侵洛絲體內的銀絲全部驅散，衝擊波還把蔡司撞飛到牆上，眼鏡都撞歪了，連掛在他胸口的銀灰色碼錶也撞得應聲破碎。

適逢此時普庭推門而進，她瞄了一眼昏倒在房間角落的蔡司，洛絲還來不及解釋什麼，普庭已一手抓住她的胳膊往外走：「快逃！」

「到底發生了什麼事？」洛絲邊跑邊問。

「賴夫局長早就懷疑 SCA 裏有內奸，想不到的是局內不但有內奸，而且不只一個。」普庭邊跑邊解釋，「『資訊科技組』那邊已是全員淪陷，所有特警攝像鏡頭拍攝的影片，和 SCA 內部監控鏡頭的錄像，幾乎全都被篡改過或被抹消了重要的部分……」

「那我們該怎麼辦？」

「賴夫局長早就準備了後手，他悄悄地把 SCA 內所有影片同步備份至另一個隱密的雲端伺服器，那個伺服器是獨立於 SCA 電腦系統的，所以『資訊科技組』的叛徒無法獲取或篡改裏面的資料。」

「不愧是風險管理專家賴夫，辦事果然滴水不漏。」

洛絲不禁為賴夫的先見之明讚歎不已：「那現在我們就是去那個雲端伺服器下載證據嗎？」

「對！」

「事不宜遲！那伺服器在哪兒？我立刻飛過去拿！」

普庭突然放慢了腳步，壓低了聲音：「雲端伺服器藏在『普庭補習社』的『L號房』內……但你不能飛過去！」

洛絲揚眉：「為什麼？」

「因為 SCA 的雷達會偵測到你的飛行方向，那豈不是把雲端伺服器的位置暴露無遺？」

「也是……那我們就這樣跑過去嗎？這樣更突兀顯眼吧？」

「放心，賴夫局長早已預備好一切。」

普庭莞爾一笑，打開了「戰服室」的門，蔣可芙正站在門後熱情地向洛絲揮手：

「嗨！小師妹，等你很久了！」

在兩人各自換上了英雄服和特警服後，蔣可芙再拿出一條鑰匙在她們面前晃了晃：

「地下停車庫，817 號車位。」

離開前，蔣可芙拍了拍她們的肩膀，替她們打氣。

「普庭、小師妹，要加油啊！我相信你們一定能夠把壞人繩之以法的——我就在這等着幫你們設計第二代的衣服！」

兩人同時向蔣可芙豎起了大拇指。

當洛絲看到地下停車庫 817 號車位停泊着一架黑色吉普車時，她竟然忍不住開始「抱怨」起來：「賴夫也準備得太周到了吧！」

普庭利落地跳上司機位置，插匙發動引擎後，瞪了洛絲一眼：「不然你覺得他是憑什麼坐上『香城特殊犯罪對策局』局長這位置？」

這時洛絲也已經在司機旁的位置坐好：「嗯……靠那個假得要命的政治家笑容？又或者是靠那張只會說大話糊弄人的嘴？」

普庭狠狠地一腳踏下了油門：「我會把這句話如實報告給賴夫局長的。」

「如果他還能當局長，我相信他不會介意的。」

直升機上，賴夫跟克特簡明扼要地說明了現在的情況。

「所以說……如果我們拿不到那個雲端伺服器裏的證據，就無法證明洛絲的清白嗎？」克特緊握拳頭，不安地問：「如果無法證明洛絲的清白，那她會不會……？」

賴夫直截了當地回答：「會，而且有很大機率會在『特殊犯罪監獄』裏關一輩子。」

「怎麼可以這樣？」克特着急了，「明明洛絲是無辜的啊！明明她才是努力守護香城的人啊！」

賴夫望着克特，輕歎了一口氣。

「真相，是由勝利者說了算的。」

克特沉默了。

他別過頭望向窗外，看着火燒雲般的天空，胸膛的深處傳來一陣刻骨的痛楚。

普庭駕着吉普車在「普庭補習社」前上演了一幕「甩尾飄移」，在幾乎撞上磨砂玻璃門的情況下把車子硬生生地停住了。

她一邊跳下車子一邊打量着玻璃門喃喃自語：「幸好沒有撞上，撞毀政府財物可是要賠償的……」

洛絲也下了車，頭髮一甩：「是我用念動力把車子停下來的，我懂欠政府錢的痛苦。」

「……謝謝。」

兩人心有靈犀，一同推門走進補習社，並肩小跑到7號房前。普庭熟練地把掛在門上的「7」字向下扭一百八十度，變成一個「L」，門後那軋軋軋軋的機械發動聲如常響起。

普庭快步走到白板前進行認證：「特殊犯罪對策局英雄部部長，普庭少尉，進行生物認證。」

牆上的白板應聲從中分開，兩人連忙走進那個滿是電腦、儀器和各種熒幕的秘密基地。

「我們現在該怎麼辦？」洛絲徬徨地望向普庭，畢竟她的念動力只能砸了電腦，而無法控制電腦，因此她在 I.T. 這方面極不擅長。

普庭從口袋裏掏出一個全黑色的 USB，毫不猶豫地插入電腦的連接埠中。

「叮！」

正在「香城特殊犯罪對策局」局長室裏，查閱着監控系統畫面的賴夫秘書托了托眼鏡，停下了手中的工作。

普庭使用的那隻USB內，存入了秘書小姐寫的程式，只要插進任何電腦中，秘書小姐都能遠端連接並操縱該台電腦。

秘書小姐十指快速地在鍵盤上敲打着，不但把雲端系統內的影片下載和備份，還在人工智能的輔助下快速篩選了幾段可作為證據的影片——如「空氣淨化人」在胸前縛了炸彈的片段、馬斯達恐嚇普庭的片段、蔡司在「特殊審判室」自白的片段等，通通發送至香城政府各大高官及香城所有傳媒機構的電子郵箱，甚至連SCA全體員工也每人抄送一個副本，人人有份，永不落空！

當秘書小姐正在「香城特殊犯罪對策局」內努力地入侵系統、擷取和散播資訊時，「普庭補習社」這邊卻來了兩位不速之客。

「咔嚓」一聲，補習社大門的磨砂玻璃終究還是辜負了普庭的一番苦心，被一個高速而巨大的綠色身影衝進來撞得粉碎。

「洛絲——！普庭——！」

馬斯達高聲怒吼着這兩個讓他心生厭惡的名字。

此時馬斯達身上的變異就更嚴重了，金邊青色的蛇鱗已然覆蓋了他的全身，紅色眼睛裏有着凶惡的黑色豎瞳，更可怕的是連他的頭顱也漸漸開始變成三角形，猶如某種毒蛇一樣。

「冷靜點，我們是來消滅證據的，不是來殺人的。」蔡司還是穿着一塵不染的醫生白袍，胸前掛着一個嶄新的銀灰色碼錶。

從監視器畫面看到兩人來襲的洛絲與普庭對望了一眼，不約而同的就開始往外衝——在這重要關頭，絕不能讓蔡司和馬斯達進來破壞電腦和雲端伺服器！

還未跑到被破壞的大門前，洛絲已二話不說運用念動力形成衝擊波，把兩人轟了出去！

馬斯達反應極快，他翻了幾個筋斗後便馬上穩住了身形，還有餘暇接住如斷線風箏般被轟飛的蔡司。

「嗨，女士們，這個歡迎儀式未免也太用力了一點？」

蔡司笑着，一手脫下了鼻樑上那已經完全歪掉的眼鏡，另一手按下了胸前的銀灰色碼錶，他身上瞬間銀光大盛。

「馬斯達，既然舞伴已經來了，作為紳士的我們當然要開始領舞吧？」

洛絲立刻向普庭發出警告：「小心！別沾上那些銀色的光！」

只見普庭直勾勾地盯着異變了的馬斯達，嘴唇幾不可見的顫抖着：「你……你為什麼會變成這樣子？……變成一副怪物的模樣！」

馬斯達瞇了瞇眼睛，眼底閃爍着危險的光芒，嘴角卻不可遏地張揚起來：「我為什麼會變成這樣子？你不應該心裏有數嗎？」

「都是你的錯，普庭！」

之前馬斯達和普庭二人在SCA大樓內直接攤牌，馬斯達一言不合便啟動了加速裝置，高速移動至普庭背後抓住她後頸，豈料綠光一閃後，普庭非但沒有被他「操縱」，還反手拿了根電擊棒直接貼在他的側腰開啟電擊！

馬斯達感到側腹頃刻傳來一股如鋼針穿刺般的劇痛，全身的肌肉都迅速被電流麻痹，連呼吸都變得困難，他只能頹然地倒下。

「為什麼能力……沒有起作用……？」

普庭居高臨下地睥睨着馬斯達，伸手從後頸撕下了一片人造皮膚在他眼前晃了晃：「因為後頸有大量『本體感覺神經』，加上頸神經傳導訊息進腦神經是最快的，所以這十多年來你特別喜歡抓人的後頸——可惜，這招已經被看穿了。」

她把人造皮膚重新貼在後頸，語重心長地說：「馬斯達，時代在進步，我們也應該要與時俱進。與其死守着過去的榮耀，倒不如尋找自己新的位置？」

語畢，普庭便丟下倒在地上的馬斯達，徑直跑往「特殊審訊室」找洛絲去了。

只剩下躺在地上動彈不得的馬斯達。

普庭的說話像是刺入心頭裏的針，馬斯達每在地上多躺一秒，那些話語就往心裏更刺進一分。

馬斯達的臉色漸漸漲紅，一股難以言喻的憤怒從胸口衝擊至天靈蓋；他額上暴起了一道道的青筋，脖子漲得像是要爆炸似的；轉眼間，他已經霍地站了起來，身上的英雄服與皮膚同化，異變成一片片閃着金光的青色蛇鱗，眼睛也變成了紅眼豎瞳。

他左右扭動了一下脖子：「感覺……真好！」

隨着「好」字話音剛落，馬斯達以迅雷不及掩耳的速度猛地衝向「特殊審訊室」！

「洛絲——！普庭——！」

高速移動的馬斯達撞破了「特殊審訊室」的大門，卻不見洛絲和普庭的影蹤，惟獨看見房間一角躺着昏倒的蔡司。

「蔡司？」

馬斯達走到蔡司身邊，伸手按在他額上，綠光一閃，蔡司悠悠轉醒。

「……發生什麼事了？」

蔡司望向異變了的馬斯達，臉上表情波瀾不驚——本來，「異變」就是他的能力——「選擇」的副作用。

「洛絲不見了，估計是被普庭帶走了！」馬斯達咆哮着。

「冷靜點，讓我想想……」蔡司扶正了歪掉的眼鏡，在腦海裏把所有線索都捋了一遍，然後猝地抬頭，眼中閃過一絲陰鷙：「馬斯達，立刻去香城醫院把洛絲的好朋友克特抓起來！」

因此才有了後來馬斯達跑到香城醫院抓克特的那一幕；幸運的是，賴夫也預料到他們會向洛絲的軟肋克特下手，於是先行找了幾個心腹駕駛着直升機前往香城醫院，搶先一步把克特救走。

蔡司也不是省油的燈，他透過「資訊科技組」的傀儡駭入全香城的交通監控系統，很快便查到洛絲和普庭二人的去向——「普庭補習社」。

結果，洛絲與普庭、蔡司和馬斯達，就像命中注定似的，在此時此刻，薈萃於此。

「都是你的錯，普庭！」

馬斯達的身影隨着咆哮聲向普庭高速襲來！

普庭迅速地按下別在耳後的裝置，頭上旋即戴上了一個黑色頭盔。此時她耳畔傳來了人工智能的聲音：「特警服加速裝置，試作型一號，啟動！」

這邊廂，馬斯達高速衝向普庭，右手揚起準備揮拳；那邊廂，普庭同樣高速疾走奔向馬斯達，拳頭亦已高高舉起！

兩個拳頭，挾帶着強大的破風勁氣，攜着悶雷般的聲響，「砰」的一聲，在空中直接相撞！

普庭感受到指骨碎裂之劇痛的同時，腦海恍惚間閃過了十多年前的一幕：

十多歲的普庭朝着馬斯達用力地點頭：「我會變得強大的，我要像你一樣成為讓人畏懼的存在！我要保護所有弱小的生命！」

馬斯達輕笑一聲，握拳與普庭的拳頭相碰：「很好！期待你將來加入SCA，與我一起為保護香城而戰！」

——沒想到，這兩個拳頭再次相碰的那天，竟然是在雙方主人已然為敵的情況下，彼此互相廝殺。

衝擊力讓馬斯達和普庭同時往後彈飛，兩人都摔進了附近的店鋪中，店鋪內馬上傳出此起彼落的尖叫聲。

洛絲眼前一花，只覺一個黑色的身影與一個綠色的身影撞上，然後又各自彈開。

「普庭！」

「洛絲小姐，我看你還是先顧好自己吧？」

蔡司不慌不忙操縱着銀光，從四面八方攻向洛絲，洛絲不敢怠慢，立刻控制紅光籠罩全身，擋住了銀光的攻擊——意外的是，洛絲竟然被銀光逼得後退了數尺。

洛絲脫口而出：「怎麼可能……？」

「你想問，銀光的力量怎麼可能變強了，對嗎？」蔡司粲然一笑，「這當然是因為，我已經作出了我的『選擇』呀！」

洛絲定神一看，發現蔡司身上的銀光正源源不絕地湧進他的耳朵；蔡司的瞳孔已經變成了銀灰色，連頭上的黑髮也正在一絲一絲的變成灰白。

「你竟然向自己使用這種力量？就是為了把我送進監獄？犯得着嗎？」洛絲震驚地反問。

蔡司搖了搖頭：「我做的所有事情，都不是為了把你送進監獄……」

更強的銀光衝擊着洛絲的紅色護罩，洛絲只感到胸口傳來一陣劇痛，然後整個人就拋飛了起來，直摔三米開外！

「而是為了證明，曾經歷痛苦與背叛的人都會成為另一個『我』！所以我的『選擇』並沒有錯！我沒有錯！哈哈哈哈……」

洛絲眼冒金星，搖搖晃晃地站了起來，鮮血在嘴角蜿蜒。

「抱歉，蔡司。」

她那黑色的長髮驀地出現了一點紅。

「我沒辦法跟你作出同樣的『選擇』。」

那一點紅猶如星火燎原般暈染開來，不多時一把火紅的長髮便如同幽暗中的火炬隨風飄動，一個擁有緋紅雙瞳的身影兀立在黑夜之下。

「因為，香城裏有對我來說非常重要的人、有願意賭上一切相信我的人、有和我一起共渡患難的人！我喜歡他們，也喜歡他們所在的香城——所以，我會『選擇』守護這個地方！」

一陣擎天撼地的紅光恍如劃破空氣般，帶着無可比擬的雷霆之勢，呼嘯着向蔡司襲來；蔡司當下立刻使用銀光企圖阻擋，卻被一股匪夷所思的巨大力量席捲全身，他瞬即被這股力量猛地撞飛，在空中凌亂地翻滾了幾圈才摔下來，後腦着地時還滑行了半米。

洛絲慢慢地走近倒在地上的蔡司。

只見蔡司躺在地上一動不動，鮮紅的血以後腦勺為中心，漸漸向四周蔓延。

當洛絲走到他身旁蹲下時，蔡司隨即「噗」的一聲噴出了一口鮮血，染紅了他的醫生白袍：「我……沒有錯……」

「對，你沒有錯。」

洛絲雙手冒起紅光，緋紅眼睛看着蔡司體內紊亂的「光點」，運用念動力一點一點的幫他修復傷勢。

「我只是比你幸運，在我迷失的時候，遇上一些願意相信我、支持我的人，但你沒有。」

蔡司臉上漸漸有了一絲血色。

「所以你選擇了用恨來報復過去的傷痛，而我則選擇了用愛去接納這個混帳的世界。」

洛絲手上的紅光消失，緋紅的眼睛與銀灰的瞳孔靜靜地對望着。

良久，已是一頭白髮的蔡司望向夜空，淡然地說：

「我真羨慕你啊。」

比起洛絲與蔡司的超能力對轟，普庭與馬斯達的對決要壯烈得多。

兩人拳來腳往，互不相讓，普庭感覺到自己混身上下大概沒有一塊骨頭是完好的，胸口不斷有氣血往上湧，強化面罩已被擊碎，眼睛腫脹得阻礙了接近一半的視野，連臉上的肌肉都因劇烈疼痛而禁不住一直抽搐。

馬斯達的情況也好不了多少，他只感覺到自己愈來愈虛弱，揮出的拳頭漸漸乏力，移動的速度也慢了下來。

對，這就是蔡司的超能力「選擇」的真相——這能力可以讓人「異變」，從而獲得超越人類的力量；可是「異變」的代價就是加速消耗自身的生命力，所以當異變者使用力量的次數愈多，意味着他餘下的生命愈少。

馬斯達不服氣啊！

明明普庭的格鬥術是他教的，而且她還沒有超能力，只是普通人一名，怎麼可能和自己打得有來有往？

「普庭，你想贏我？憑什麼！」

普庭喘着氣回答：「我不是想贏你……」

還沒待普庭説完，馬斯達便一個加速狠狠地揮出一記右鉤拳直擊普庭的臉龐，普庭也不甘示弱立即回敬他一記迴旋踢；馬斯達一咬牙，用盡最後的力量使出一記上鉤拳擊中普庭的下巴，豈料她竟乘勢加速躍起，雙手扣住了他的後腦，再狠狠地往他的腦門來一記膝蓋撞擊！

馬斯達痛苦地彎着腰踉蹌後退，沒幾步便失去平衡，倒頭栽在地上。

他躺在地上一看，才赫然發現二人已在不經不覺間纏鬥至住宅區中，四周全是一幢幢數十層高的樓宇，每幢樓宇都有數百個單位，幾乎每個單位內都有人朝着他們這邊看來。

「怪物！」

此時不知從哪個單位裏擲出了一個玻璃瓶，「嘭」的一聲，從天而降擲在馬斯達身旁，玻璃碎片劃過了他的蛇鱗，但他毫髮無傷。

「怪物！」

「怪物！」

「怪物！」

居民像是被惹怒了似的，紛紛從家中扔出各種雜物，當中甚至有舊電視機、舊單車、舊砧板的，全部毫不留情地往躺在地上的馬斯達飛去。

已經無法動彈的馬斯達認命般閉上了紅眼睛，準備承受重物的衝擊。

但預想中的衝擊卻一直遲遲不來。

他睜開眼睛一看，發現一個昂藏七尺的巍峨背影正站在他身前，替他擋下了所有的雜物。

「普庭？……為什麼？」

普庭回首看着馬斯達，緊握成拳的雙手在微微顫抖。

馬斯達嗤笑一聲：「是你那『不能濫用私刑』的正義感在作祟？還是你打算親自對我作最後一擊，享受勝過我的滋味？」

「我從來沒有打算贏過你，由始至終我只想拯救你！」

普庭蹲下身子，與自暴自棄的馬斯達對視：「咪咪教會了我一個道理，守護一個人，不只是要保護他受傷的軀體，還得拯救他破碎的心。」

馬斯達的豎瞳震顫着，他頹然地合上了眼睛。

「我已經是怪物了，殺了我吧。」

這時不知哪家哪戶又丟出了好幾件堅硬的雜物，正正朝着兩人所在的地方墜下。

驀地，普庭張開雙手把異變了的馬斯達抱在懷中。

「既然我緊握着拳頭也無法拯救你，那就讓我伸開雙手去保護你吧！」

雜物直摔在普庭身上，她瞬間發出了痛苦的呻吟聲。

一股溫熱的觸感從普庭身上傳來，馬斯達睜開眼睛不解地問：「為什麼要救我……像我這種怪物？……」

普庭回過頭看進馬斯達的瞳孔深處，她的眼中溫柔如水：「因為，你一直都是我最喜歡的英雄呀！」

馬斯達皺着眉，緩緩伸手摸上了普庭那傷痕纍纍的臉：「笨蛋熊。」

隨着綠光一閃，普庭身上的傷全部瞬間治癒。

普庭疑惑地眨了眨眼睛，回過神後旋即往馬斯達看去，只見他眼裏的紅光已然褪去，豎瞳也變回了正常人類的黑色瞳孔。

但是他的眼睛裏，已再也沒有生命的氣息。

普庭緊緊抱着馬斯達，眼淚簌簌而下：「……我不會讓你以怪物的身分逝去的，你至死都是『英雄馬斯達』，永遠都是……」

在秘書小姐把證據影片曝光後，在直升機上的賴夫很快便收到來自安市長的重新任命，以及全權處理是次「頭腦人」犯罪事件的「善後」命令。

賴夫立刻命令 SCA 特警前往「普庭補習社」；他和克特隨後趕到現場時，看見的是被 SCA 特警包圍着仍躺在地上看星星的蔡司，及一頭紅髮而坐在他身旁發呆的洛絲。

洛絲甫看到賴夫便忍不住帶着哭腔問：「糟糕了，我的眼睛顏色變不回來，頭髮也變不回來，現在該怎麼辦啊？明天該怎麼上學啊？」

賴夫還未搭腔，他身後的克特便已小跑上前摟住洛絲的肩膀：「樂思，你沒事吧？有沒有受傷？」

洛絲一時愣住了：「克特？你怎麼在這裏？」

賴夫言簡意賅地回答：「馬斯達想抓他當人質，幸好我及時到醫院救了他。」

洛絲望向克特，眼神裏滿滿都是愧疚：「對不起呢，克特……這種怪物級別的戰鬥，最終還是把你捲進來了。」

克特搖了搖頭：「我沒事，你不用道歉。」

洛絲頓了一頓，幾秒後她才發覺不對勁，推開克特：「不，克特，你別看過來！我現在的模樣很奇怪，活像是怪物似的，你先轉身背對着我……」

克特堅定地繼續摟住她的肩膀：「不，你不是怪物！你還是我認識的那個賈樂思！你還是那個在街邊看到被遺棄的小狗時，會花光所有零用錢買食物給牠，並會抱着牠走上好幾小時來幫牠尋找新主人的，善良的樂思！」

洛絲失笑：「小學四年級的事情，你直到現在還記得啊？」

克特立刻從錢包夾層裏拿出了一朵小白花遞向洛絲：「還記得雪絨花的花語嗎？」

洛絲接過小白花：「當然記得，雪絨花的花語是……」

兩人不約而同地說出答案：「重要的回憶！」

頓時，洛絲手中的小白花驟然發出耀目的白光。

白光消散過後，洛絲的頭髮和瞳孔傾刻間變回了平常的黑色。

「樂思……你變回來了！」

克特掏出智能電話讓洛思透過前置鏡頭確認自己的狀況。

「真的呢，太好了！」

樂思把手中的小白花湊到眼前打量了一番：「難道是這朵雪絨花的力量？可是這明明是我在綠化人頭上隨手摘的呀……」

還未待樂思研究出個所以然，賴夫已經走近兩人，並從口袋裏掏出一小盒巧克力薄片遞給他們倆：「吃不？」

洛絲拿了一片巧克力放進口中：「謝謝。」

「不謝，辛苦你了。」

「還要是說謝謝⋯⋯謝謝你救了克特，也謝謝你選擇相信我。」

賴夫陡地沉默了幾秒，然後露出一個溫潤的笑容：「因為，相信你是最低風險的做法啊！」

洛絲有點不服氣地扁嘴：「真的只是這個原因？真的純粹是理性的計算？」

「當然是真的，我是一個低風險愛好者。」

「我不相信！」

「我不需要你相信。」

這時巧克力薄片在洛絲的舌尖上融化，可可和牛奶的香甜迅即擴散至整個口腔：

「⋯⋯這個巧克力還是老樣子，甜死了！」

「人生就像一盒巧克力，你永遠也不會知道接下來將嘗到什麼。」賴夫轉過身指着被押上裝甲囚車的蔡司，「恭喜你成功抓到『頭腦人』，賞金三千五百萬元將會不日發放，加上之前『空氣淨化人』的賞金，我粗略估計你欠香城政府的錢大概可以一筆勾銷了。」

「那實在是太棒了！」洛絲大喜過望。

「而且由於某個愚蠢的官員所作的愚蠢決定，香城政府已單方面跟洛絲解約，現在香城的專屬英雄是馬斯達，所以你現在已是自由之身了。」

賴夫續道：「怎麼樣？你想回去當個普通學生還是繼續當英雄？如果想當普通學生的話，鑑於你的身分在香城已經暴露了，我能動用公帑送你到另一個城市隱藏身分繼續學業……」

「不用了。」洛絲斷然拒絕，「我決定留在香城繼續當英雄。」

賴夫揚眉：「你確定？」

「我確定……但能不能加點薪水？」

賴夫點了點頭：「作為拯救了香城的英雄，薪水當然不能太寒磣，我會盡力為你爭取的。」

「還有另一件事……」洛絲猶豫了一下，最終還是鼓起勇氣說出來：「我能不能把英雄名字改成本名『樂思』？」

「為什麼？這樣做對你沒什麼好處啊？」

「嗯……有好幾個原因，比方說我不想再活在掩飾和隱藏之下；又比方說，我想堂堂正正面對自己的身分和責任……」

「但最重要的是，我已下定決心選擇繼續當英雄守護香城，所以我現在已不再迷失（Lost）了。」

賴夫聽罷，伸出手溫柔地在樂思的頭上摩挲了幾遍：「英雄『樂思』，你成長了。」

樂思摸摸剛才被賴夫摩挲過的位置，吐了吐舌頭：「人總是會長大的嘛！」

這時賴夫向其中一名 SCA 特警打了個手勢，特警馬上奔往其中一架停泊着的黑色私家車。

賴夫指着那輛私家車：「你們先回家吧！善後的事情交給成年人去辦就好，你們明天還得上學呢，早點回去休息一下！」

樂思打了個呵欠：「嗯……對啊，我也累了，這是我經歷過最漫長的一天。」

克特補充：「……大概也是這輩子怎麼都忘不掉的一次學校旅行。」

兩人上車離開後，普庭緩緩走到賴夫面前，臉上淚痕依然未乾。

「處理好馬斯達的事了？」

普庭默然點點頭。

「那你有什麼打算？當初你是為了馬斯達才進 SCA，可是現在……」

「我會繼續在 SCA 工作。」普庭打斷了賴夫的話，「『英雄馬斯達』會一直活在我的心中。」

賴夫頷首：「我明白你的想法了，那就請你繼續擔任『英雄部』部長，與『英雄樂思』一起守護香城吧！」

普庭用手袖擦乾了臉上淚痕，然後向賴夫敬了一個禮：「Yes sir！」

待現場差不多處理完畢，SCA 部隊準備撤退之時，冷不防普庭突然跟賴夫說：「說起來，賴局長你這次的『原石賭博』大獲全勝，相信升任香城市長是指日可待？不知道下任『香城特殊犯罪對策局』的局長會是誰呢？下任局長也會像你一樣信任『英雄樂思』嗎？」

賴夫看着手中的巧克力盒子，一臉處之泰然：「你不用試探我了，對我來說，香城市長的位置已不再重要。而且我打算待事情告一段落後，辭去『香城特殊犯罪對策局』局長一職。」

普庭震驚地睜大了眼睛：「什麼？」

「有什麼好驚訝的？人生裏比起權位、名聲、財富還重要的東西多着了，我決定去追求一下。」

「例如呢？你想追求什麼？」

賴夫莞爾：「例如，信任？例如，家？例如，愛？」

他旋轉把玩着手中的巧克力盒子，眼底閃過一絲不易察覺的情緒——他從來沒有告訴過任何人，其實每年賴怡生日的時候，他都會匿名寄一大盒巧克力給她——或許，該是時候探望一下很久沒見的妻子和女兒？

普庭一臉狐疑地盯着嘴角帶笑的賴夫：「……你真的是賴夫局長本人嗎？」

此時午夜剛至，高樓大廈內的燈光一盞盞的熄滅，只剩下兀立的街燈綻放出柔和的光芒。

這是香城，一個經常會出現怪物、壞蛋、外星人的城市。

但此刻香城大部分居民都帶着安心愉快的心情入夢，睡得非常香甜。

因為每個人都深信，超級英雄樂思，會一直守護着香城，和香城的每一位居民。

後記

我決定選擇相信愛，因為仇恨是沉重得難以承受的負擔。

——馬丁・路德・金

感謝購買這本書，並把它看完的你。

假如你已經看過了我首兩本著作《一瞬煙火》及《劏房大狀》，你會發現這次《洛絲》跟前兩本書，無論是風格還是寫法上都大相逕庭；假如《洛絲》是你第一本接觸的「紫砂作品」，那我會建議你看完本書後再去買《一瞬煙火》及《劏房大狀》來看（笑）。

本書的角色名字都是由英文音譯過來的，代表着那個角色最深的執念，或最大的特色，除了六個章節的六個角色外，還有些跑龍套的名字，我也花了些心思：

蔣可芙＝Clothes＝衣服

每個英雄背後，都有一個熱情洋溢的服裝設計師！

安佖淳＝Ambition＝野心

野心勃勃、冷酷無情的安市長。

羅奧＝Law＝法律

香城保安局局長當然與法律有關。

狄斯信＝Decision＝決定

香城政務局局長當然要負責做很多行政決定。

賴怡＝Lie＝謊言

活在「幸福家庭」這謊言中的可憐女兒，鼓起勇氣說出真正感受，卻反被指責是說謊。

瑪德＝Mother＝母親

為母則剛，為了保護女兒，放棄了「妻子」身分，選擇與女兒遠走高飛的勇敢母親。

蔡康漕＝Control＝控制

一個控制欲極強的父親，視兒子為自己分身，拒絕讓他擁有任何自由意志。

咪咪＝Meow Meow＝貓貓

好可憐的貓貓，大家都要愛護動物啊！

說回本書，最重要的兩句獨白大概是：

「我只是比你幸運，在我迷失的時候，遇上一些願意相信我、支持我的人，但你沒有。」

「所以你選擇了用恨來報復過去的傷痛，而我則選擇了用愛去接納這個混帳的世界。」

我明白，當自己一個孤立無援時，我們很難不對這個世界懷有恨意；可是只要世上至少還有一個對我們來說重要的存在時，那這世界看起來還不算太糟糕，對吧？

當一個人受到傷害時，只要這世上還有一個人願意相信他、支持他，甚至愛他，那麼這個人的心一定不會迷失於仇恨中。

因為，愛一個人，比恨一個人，幸福多了。

人生苦短，我們活着都是為了追求幸福的，不是嗎？

I have decided to stick with Love. Hate is too great a burden to bear.

——Martin Luther King, Jr.

《洛絲 LOST》中的英雄洛絲最初造型